TAMI OLDHAM ASHCRAFT
CON SUSEA McGEARHART

RESTA CON ME

Traduzione di
SEBA PEZZANI

HarperCollins

ISBN 978-88-6905-364-1

Titolo originale dell'edizione in lingua inglese:
Adrift
Dey Street Books
an Imprint of HarperCollins *Publishers*

Nuova edizione rivista dall'autrice
© 2018 Tami Oldham Ashcraft

Originariamente pubblicato da Hyperion nel 2002
con il titolo Red Sky in Mourning

Traduzione di Seba Pezzani

Tutti i diritti sono riservati incluso il diritto
di riproduzione integrale o parziale in qualsiasi forma.

© 2018 HarperCollins Italia S.p.A., Milano
Prima edizione HarperCollins
luglio 2018

Prima ristampa - luglio 2018
Seconda ristampa - agosto 2018

MISTO
Carta da fonti gestite
in maniera responsabile
FSC
www.fsc.org FSC® C005461

Questo libro è prodotto con carta FSC® certificata con un sistema di controllo di parte terza
indipendente per garantire una gestione forestale responsabile.

*In memoria di mio nonno, Wally J. Oldham,
la roccia della mia vita,*

*e di Richard Sharp...
che vivrà per sempre nel mio cuore.*

1

IN PRIMA LINEA

Quando udii il rumore metallico dell'ancora che sbatteva contro la prua, mi girai verso Richard. Con un gesto plateale mi incitò: «Andiamo!». Inserii la marcia. Spinsi in avanti la manetta del gas, l'*Hazana* guadagnò velocità e noi uscimmo dal porto di Papeete, sull'isola di Tahiti. Erano le 13.30 del 22 settembre 1983. Di lì a un mese saremmo rientrati a San Diego, in California. Avrei voluto essere un po' più entusiasta, ma odiavo l'idea di abbandonare il Pacifico meridionale. Non che non avessi voglia di rivedere la mia famiglia e i miei amici, semplicemente era troppo presto. Eravamo partiti dalla California solo sei mesi prima e all'inizio l'idea era di fare una crociera nelle isole del Pacifico meridionale e in Nuova Zelanda, prima di tornare a casa. Quel cambiamento di programma mi aveva lasciata interdetta. Ma, come Richard aveva sottolineato, l'incarico di consegnare lo yacht era un sogno diventato realtà: un lavoro troppo bello per rinunciare.

Delle grida provenienti dalla costa attirarono la mia attenzione. Mi voltai e vidi alcuni dei nostri amici che ci salutavano. Mi alzai in piedi sul sedile davanti al timone e ricambiai, agitando le braccia e governando la nave con il piede sinistro scalzo. Mi sentii pizzicare l'alluce nell'istante in cui Richard prese possesso del timone con un braccio, cingendomi la vita con l'altro. Dall'alto, guardai i suoi occhi azzurri. Erano pieni di gioia. Mi strinse a sé e mi baciò la pancia coperta dal pareo. Non potei fare a meno di sorridere: sembrava un bambino emozionato.

«Salpiamo, amore.»

«Salpiamo!» ripetei allegramente.

Mi vennero le lacrime agli occhi quando feci un ultimo cenno agli amici, che ora somigliavano a lampioni sul molo. Il familiare nodo alla gola mi ricordò quanto le partenze siano dure, per via dell'eventualità di non rivedere più qualcuno. *Anche se torneremo presto*, pensai, *i nostri amici probabilmente non saranno qui*. I marinai non restano mai a lungo in un posto, continuano a viaggiare.

Mi misi al timone mentre Richard issava la randa di maestra. Con un respiro profondo, scrutai l'orizzonte. L'isola di Moorea si profilava a nordovest. Oh, quanto adoravo il mare! Accostai sottovento e la randa sbatté crepitando, man mano che Richard spingeva la tela lungo il binario. A quell'andatura, il fiocco si srotolò come una goccia di pioggia sul vetro. L'*Hazana* si inclinò leggermente. *Il Trintella è davvero uno yacht fantastico*, pensai. Tredici metri e mezzo di precisione, decisamente sfarzoso rispetto al nostro *Mayaluga*.

Osservando Richard che orientava le vele dell'*Hazana*, riflettei su quanto fosse stato difficile per lui dire addio al *Mayaluga*. L'aveva costruito con le sue mani in Sudafrica e l'aveva battezzato con una parola swazi che significa *colei che va oltre l'orizzonte*. Quel cutter di ferrocemento da undici metri era stato la sua casa per molti anni, accompagnandolo in un viaggio intorno al mondo. Il *Mayaluga* era elegante e bello a vedersi e gli interni erano il sogno di ogni artigiano, con i bagli portanti della tuga in mogano laminato, lucidati da ripetute mani di vernice vellutata, e pavimenti di tek e agrifoglio.

Negli ultimi giorni a bordo del *Mayaluga* ci eravamo tenuti impegnati per evitare di pensare troppo a ciò che ci saremmo lasciati alle spalle. Io mi ero occupata di predisporre gli indumenti e gli effetti personali di cui avremmo avuto bisogno nei due emisferi in cui avremmo navigato nei successivi quattro mesi: magliette per l'autunno a San Diego; giacche per il Natale in Inghilterra; maglioni per l'inizio dell'anno, di nuovo a San Diego; parei e pantaloncini per il ritorno a Tahiti alla fine di gennaio.

Richard si era concentrato sulla preparazione del *Mayaluga* in vista dei mesi a venire, in cui saremmo stati lontani.

Sarebbe stato al sicuro nella baia di Mataiea. Il nostro amico Haipade, che viveva nella baia con la moglie Antoinette e i loro tre figli, aveva promesso di avviare il motore una volta alla settimana. Ci eravamo preoccupati in particolare di posare contro le pareti tutti i cuscini e tutte le tavole, per favorire la circolazione dell'aria umida di Tahiti. Avevamo mantenuto appeso il grosso tendone per proteggere dal sole intenso le parti metalliche lucidate e avevamo lasciato uno spiraglio aperto in un boccaporto al di sotto.

Al momento di abbandonare il *Mayaluga*, mi ero voltata dall'altra parte mentre Richard remava verso riva. Non vedevo i suoi occhi dietro gli occhiali da sole, ma sapevo che erano velati di lacrime. «Sono certa che Haipade se ne prenderà cura» lo avevo rassicurato.

«Già, lo farà. Questa baia è completamente protetta.»

«E poi saremo di ritorno in men che non si dica. Giusto?»

«Giusto.» Mi aveva sorriso perché avevo imitato il suo accento britannico.

In quel momento, a bordo dell'*Hazana*, i venti cambiarono e modificai la rotta di dieci gradi. Richard si sporse verso il basso, davanti a me, ostruendomi la visuale. «Stai bene?»

«Sì.»

Passandomi dietro, sciolse la drizza per issare la randa di mezzana. «Non è fantastico?»

Lo era: un clima fantastico, un vento fantastico e una compagnia fantastica. Il suo ottimismo era contagioso. *La bellezza della vela non sta forse in questo?*, pensai. *Nell'avventura. Nel provarci.*

Il tempo sarebbe volato.

L'annotazione sul giornale di bordo del nostro primo giorno recitava: *Giornata perfetta. Tetiaroa al traverso. Plenilunio. Velocità di navigazione 5 nodi su mare piatto, con tutte le vele a riva.*

Il Giorno Due, viaggiavamo a sei nodi con randa di maestra e trinchette gemelle. Più tardi, fummo costretti a rizzare per bene tutte le vele per lottare contro un vento da nord-nordest.

Il Giorno Tre, avanzavamo ancora controvento. L'*Hazana* reagiva bene, ma eravamo affaticati. Nella seconda parte del giorno, finimmo in una burrasca con venti da trentacinque nodi. Ammainammo il genoa e la randa di maestra, e procedemmo con la trinchetta e la randa di mezzana.

Il colpo secco di un'onda contro il mascone di sinistra dell'*Hazana* mi fece sussultare. Abbassai la testa per proteggermi dagli schizzi. Non potevamo assolutamente togliere vento alle vele per rendere il viaggio più agevole, dato che ci eravamo impegnati a consegnare l'*Hazana* in tempo: le alternative erano San Diego oppure il fallimento.

Richard e io a bordo del *Mayaluga*

Osservai le sfumature turchesi dell'oceano fondersi tra loro e dissolversi nel blu notte delle acque più profonde. *San Diego oppure il fallimento*, ripetei tra me e me. Alla fine faccio sempre ritorno a San Diego: casa dolce casa. Sembrava passata un'eternità da quando lavoravo nel negozio di alimenti naturali e mi ero diplomata alla Point Loma High School. Avevo agguantato il pezzo di carta e me l'ero filata, troncando ogni legame che mi frenasse. Volevo soltanto attraversare il confine con il Messico e surfare sulle sue onde fantastiche. Al tempo, le alternative erano il Messico oppure il fallimento. Sorrisi, ripensando a quant'era stato importante per me essere libera, indipendente. Avevo acquistato un pulmino Volkswagen del 1969, l'avevo chiamato *Buela* e avevo convinto la mia amica Michelle a prendere il largo insieme a me. Avevamo sistemato le nostre tavole nel portapacchi sul tettuccio e superato facilmente la dogana di Todos Santos, località che prometteva onde formidabili da surfare e incredibili avventure da vivere. Era l'autunno del 1978.

Michelle e io ci eravamo accampate sulla spiaggia di Todos Santos insieme ad altri surfisti americani. Per un mese non avevamo fatto altro che surfare, mangiare, divertirci e dormire. Poi però, quando non era più riuscita a evitare gli obblighi che la attendevano a casa, Michelle se n'era andata a malincuore, trovando un passaggio verso nord.

Lo yacht *Hazana*, un Trintella da tredici metri e mezzo

Feci amicizia con una famiglia del posto, gli Jimenez. Imparai lo spagnolo quanto bastava per farmi capire e mi divertii a insegnare l'inglese ai loro cinque figli. Abitavano su un terreno in affitto che coltivavano. Li aiutavo a raccogliere pomodori e coriandolo e, in cambio, loro mi lasciavano i pomodori troppo maturi con cui preparavo la salsa da vendere ai *gringos* sulla spiaggia. La mia piccola attività rendeva abbastanza da permettermi di sopravvivere e, dunque, non ero stata costretta a intaccare i miei risparmi.

Con quell'andirivieni di americani non mi ero mai sentita sola e non avevo mai avuto paura a stare per conto mio. Più o meno una volta alla settimana, andavo a Cabo San Lucas o a La Paz per fare provviste. A Cabo c'era una friggitoria sulla strada che serviva una fantastica colazione messicana ed era frequentata da un sacco di *gringos* sbarcati dalle navi da crociera. Il ristorante era un fabbricato rustico in cemento con una finestrella laterale per i cibi da asporto. I posti a sedere erano tutti all'esterno. C'era un menu accanto alla finestrella e, di fianco, una gigantesca bacheca grossa come un foglio di compensato su cui erano affissi messaggi e annunci di ogni tipo.

Una mattina, uno di quegli annunci attirò la mia attenzione: *Cercasi equipaggio. Esperienza di navigazione a vela non necessaria. Il candidato deve saper cucinare. In partenza per la Polinesia francese alla fine del mese.* Non sapevo nemmeno dove fosse la Polinesia francese, ma il suono di quel nome era intrigante. *Contattare Fred S/V Tangaroa.*

«Ehi» feci a Drew, un crocerista che avevo conosciuto. «Che significa *S/V*?»

«Vuol dire *sailing vessel*, tesoro, barca a vela.»

«Grazie, tesoro.»

E così il *Tangaroa* era una barca a vela. Non disponendo di una radio VHF per contattarla, mi diressi alla spiaggia e studiai le diverse imbarcazioni ancorate. Mentre ondeggiavano seguendo la corrente, lessi i loro nomi e individuai il *Tangaroa*. La sua lancia era ormeggiata a poppa, quindi il proprietario si trovava a bordo. Mi rilassai sulla sabbia calda e attesi che qualcuno arrivasse a riva. Dopo un po', vidi un uomo calarsi all'interno della lancia e mettersi ai remi.

Mi avvicinai a lui, dopo che ebbe ormeggiato la lancia alla spiaggia.

«Sei Fred?»

«Sì» rispose, squadrandomi dall'alto in basso.

«Ho saputo che cerchi personale per il tuo equipaggio e la cosa mi interessa.»

Mi invitò a farci una *cerveza* ghiacciata al capanno del Muy Hambre. Mentre bevevamo, dissi a Fred che l'unica barca su cui fossi mai stata era l'Hobie Cat di mio padre, nella baia di San Diego, e che dunque non mi intendevo minimamente di barche a vela, men che meno di barche a vela in procinto di attraversare l'oceano verso un porto straniero. Fred mi spiegò che la sua barca era una Dreadnought 32 fatta su misura, poi parlammo delle mie mansioni a bordo, ovvero cucinare e fare i turni di guardia. Gli dissi che, se stava cercando una *compagna*, non ero la persona giusta. Lui rispose che si stava riprendendo da un divorzio difficile e che l'ultima cosa al mondo che desiderasse o di cui sentisse il bisogno era una compagna. Non avrei dovuto far altro che cucinare e montare di guardia.

Messe in tavola tutte le carte, decidemmo di affrontare una crociera di prova, per vedere come avrei reagito alla navigazione a vela. Facemmo rotta su La Paz, a 170 miglia di distanza.

Fu una bellissima escursione di due giorni. Fred era un vero gentiluomo e io mi ero adattata alla navigazione a vela come un pesce all'acqua, così accettai il lavoro sul *Tangaroa*. Sapere che mi sarei avventurata nell'azzurro dell'oceano selvaggio preoccupava più mia madre che mio padre, ma lei sapeva di non potermelo impedire, proprio come non aveva potuto impedirmi di andare in Messico nove mesi prima.

Prima che partissi da Todos Santos, gli Jimenez mi

permisero di lasciare il pulmino parcheggiato da loro. Anni dopo, scoprii che l'avevano trasformato in una mangiatoia per il bestiame: versavano il cibo nel tettuccio apribile e spalancavano le portiere laterali in modo che si riversasse all'esterno e i maiali potessero nutrirsi.

Fred e io partimmo da Cabo nel marzo del 1979. Il tragitto fino alle Isole Marchesi fu per me una splendida esperienza istruttiva. Passai tanto tempo al timone, scoprendo cosa si prova a manovrare un natante in un mare ad alta densità salina. Peccato solo che Fred e io fossimo come l'olio e l'acqua. A lui, cinquantenne, piaceva la musica classica. A me, che ne avevo diciannove, piaceva il rock. A lui piacevano i cibi raffinati, a me piaceva la cucina vegetariana. Lui aveva molta disciplina, io ero spensierata. Lui era un uomo che faceva colpo: postura perfetta, fisico perfetto, abbronzatura perfetta. Decisamente troppo perfetto per me.

Un giorno, sull'orizzonte si materializzarono improvvisamente delle vette vulcaniche. Rimasi senza fiato alla vista della terra dopo essere stata circondata per trentadue giorni soltanto dall'azzurro del mare e del cielo. Vette ravvicinate fendevano quella che fino a poco prima era stata una linea monotona. Quella scena mistica mi fece venire le lacrime agli occhi, e mi chiesi se Cristoforo Colombo si fosse sentito così quando aveva avvistato la terra per la prima volta. Fred e io, a quel punto, quasi non ci parlavamo. Non stavo nella pelle alla prospettiva di scendere dal *Tangaroa*, per quanto sapessi che la mia voglia di navigare e di esplorare era solo agli inizi.

Fred mi aveva detto che avremmo dovuto versare una cauzione di 850 dollari americani alla dogana di Nuku Hiva, una delle Isole Marchesi della Polinesia francese. Tuttavia, essendo una viaggiatrice inesperta, non avevo neppure lontanamente immaginato che gli abitanti delle Marchesi non avrebbero accettato come valuta di scambio i miei pesos messicani. Fred versò la cauzione per me, il che significava che avrei dovuto continuare a lavorare e cucinare per lui. Inviai tutti i miei pesos a San Diego, a mia madre; al telefono disse che li avrebbe convertiti in dollari americani e spediti presso il fermo posta di Papeete, Tahiti.

Nel frattempo conobbi Darla e Joey, a loro volta membri dell'equipaggio di uno yacht. Facemmo amicizia velocemente. Eravamo un gruppetto di ragazzi più o meno della stessa età e membri di diversi equipaggi; per evitare che ci ammutinassimo, i nostri capitani decisero di navigare insieme nell'arcipelago delle Isole Marchesi.

Fred e io fummo i primi del gruppo a partire dalle Marchesi e a dirigerci verso l'arcipelago delle Tuamotu. Sarebbe stato un viaggio di tre giorni e avevamo calcolato i tempi per arrivare con il plenilunio, in modo da avere tutta la luce possibile di notte per orientarci tra gli atolli, in caso fossimo giunti più tardi del previsto. Gli atolli sono anelli bassi di corallo che racchiudono una laguna. Siccome non è facile vederli e sono circondati da barriere coralline subacquee, sono un pericolo per chi naviga. Finire in secca su un atollo può devastare la pancia di uno scafo e far affondare la barca nel giro di pochi minuti. I punti più elevati di un atollo sono le palme di dodici metri che oscillano negli alisei e che per un marinaio sono la prima indicazione della vicinanza della terraferma. Il problema è che agli occhi di chi si trova su una barca che beccheggia, anche per via della curvatura terrestre, dodici metri non sono sempre evidenti quanto un palazzo di quattro piani.

A me e Fred era stato consigliato di individuare le navi che si erano arenate su quegli atolli e di sfruttare i vecchi scafi come punti di riferimento per la navigazione. Passando accanto ai relitti sulle barriere coralline capii quant'era importante che ogni membro di un equipaggio fosse consapevole dei pericoli e sapesse come muoversi nelle zone più a rischio. Pensavo che Fred fosse in grado di farlo.

Il nostro primo scalo sarebbe stato Manihi. Fred aveva calcolato che avremmo avvistato l'atollo al mattino presto, il che ci avrebbe assicurato un bel po' di tempo e di luce per trovare l'ingresso della laguna. Quando, in tarda mattinata, ancora non avevamo scorto nulla, iniziai a preoccuparmi. Solo all'una del pomeriggio – non appena vedemmo le cime agitarsi al vento, in lontananza – mi abbandonai a un sospiro di sollievo. Poco dopo, ci portammo a distanza sufficiente per tentare di localizzare l'entrata indicata sulla carta nautica. Cercammo un punto calmo tra le correnti di acqua bianca, ma scorgemmo soltanto un lungo frangente. Fred mi spiegò che spesso le onde si infrangono su un lato del canale di una laguna, rendendo difficile distinguere l'apertura tra i polipi corallini.

Fred e io ci alternammo al binocolo, scrutando con ansia i frangenti lungo il litorale. Alla fine, mi arrampicai sull'albero e, raggiunte le crocette, mi ci avvinghiai con le gambe e un braccio, studiando l'isola tropicale con il binocolo. Non si scorgevano aperture. Circumnavigammo interamente l'atollo, senza trovare un solo ingresso. Ero tesa e Fred si rifiutava di ammettere che ci eravamo persi. Il sole stava tramontando rapidamente.

Dopo un'accesa discussione, ammettemmo che dovevamo esserci spinti a ovest e che avevamo circumnavigato l'atollo di Ahe invece che quello di Manihi. Decidemmo di viaggiare per tutta la notte fino a Rangiroa.

Quella sera eravamo molto nervosi. Restammo svegli per cercare di cogliere, con occhi e orecchie, eventuali onde che si infrangessero su scogli affioranti. Fu quella notte che, in preda alla paura, capii che non volevo mai più trovarmi in quella situazione. Che dovevo imparare a navigare.

Alle prime luci dell'alba avvistammo la nostra destinazione. Era come se quelle palme mi stessero riservando un'accoglienza speciale. Verso metà mattinata, individuammo il passaggio. Stavolta era stato facile vedere dove l'acqua bianca si placava per poi riprendere ad agitarsi. Il suo colore diverso lungo il litorale rendeva evidente il canale. Uno yacht che batteva bandiera americana era ormeggiato nel bacino di carico del villaggio. Con l'aiuto della coppia dell'altra barca, ci districammo nel bacino. Saltai sul pontile e, esausta, dissi alla donna: «Ehi, sono felice di essere arrivata a Rangiroa».

«Come? Non sei a Rangiroa. Sei ad Apataki!»

Fu uno shock. Tornai di corsa sul *Tangaroa* e scesi sottocoperta per dare un'occhiata alla mappa. Ci eravamo spinti oltre cento miglia a sudest. Quello che credevamo fosse l'atollo di Ahe in realtà era l'atollo di Takapoto, uno di quelli sprovvisti di ingresso.

Avevo perso qualsiasi fiducia in Fred. Sopportai i cinque giorni di navigazione per raggiungere Tahiti, sprizzando rabbia da ogni poro nei suoi confronti. Avevo le valigie pronte due giorni prima di arrivare. Non vedevo l'ora di saltare a terra e di mettere una certa distanza tra me e il *Tangaroa*.

A Tahiti, vidi il mio amico Joey in un bar all'aperto; mi disse di essersi imbarcato come cuoco sul *Sofia*, e gli chiesi di parlarmene. Non era certo un transatlantico di lusso, disse, dato che era stato costruito nel 1921, però era splendido: una goletta a palo ad armo aurico, lunga trentasette metri, di proprietà di una cooperativa. Aggiunse che gli alloggi erano spartani: la latrina, per esempio, era il sedile di un water montato su un catino di metallo sul ponte di poppa in maniera da scaricare direttamente in mare. La cucina di bordo disponeva di quattro fornelli a cherosene e di una grande stufa a diesel, e il rubinetto del lavandino pompava solo acqua salata. L'acqua dolce si poteva usare soltanto per bere e cucinare, e non andava sprecata in cose frivole come risciacquare le stoviglie.

La quota per entrare a far parte della cooperativa marinara ammontava a 3000 dollari; i cuochi dovevano versarne solo 1500. Joey gettò l'amo aggiungendo che l'equipaggio del *Sofia* cercava qualcuno per l'altra posizione di cuoco part-time. Il giorno seguente mi presentai alla goletta, feci domanda di assunzione e ottenni il posto, diventando un membro permanente dell'equipaggio.

Per quanto primitivo, il *Sofia* aveva effettivamente personalità. Poteva ospitare un equipaggio composto dalle dieci alle sedici persone. I suoi scricchiolii sapevano di storia e di avventura. Era diretto in Nuova Zelanda e sarebbe passato per tutti gli arcipelaghi del Pacifico meridionale. I giorni a bordo del *Sofia* furono tra i migliori che potessi immaginare. La libertà che si respirava sull'acqua azzurra cristallina, navigando a bordo di una nave dalle vele quadre sotto un sole meraviglioso, era una magia. Il cameratismo dell'equipaggio era molto equilibrato. Imparai il mestiere del marinaio e del nocchiero e i rudimenti della navigazione, oltre che a cucinare e a contribuire a organizzare e istruire la gente nell'arte della vela. Era come frequentare una delle migliori università della California meridionale.

Una volta in Nuova Zelanda, facemmo rotta su una cittadina chiamata Nelson, sulla punta settentrionale dell'Isola del Sud, nello stretto di Cook.

Il *Sofia* sarebbe rimasto lì in un bacino di riparazione per oltre un anno e a me venne offerto un posto da pescatore sul *Pandora*, una barca posseduta e gestita da un ex membro dell'equipaggio del *Sofia*, che era passato alla nave per mettere insieme una ciurma. Mi imbarcai per una stagione di pesca all'alalunga e finii per fare due stagioni di pesca all'alalunga e una alla cernia. La paga era buona e mi piaceva un sacco quella vita difficile in mezzo a un mare che scoppiettava come popcorn, con tutti quei pesci appesi alle lenze.

Durante quel periodo, il *Sofia* venne richiesto per un film e il produttore fece portare la nave a Auckland per le riprese. Avevo lasciato a bordo quasi tutti i miei effetti personali – foto, lettere e vestiti – dato che era mia intenzione raggiungere l'imbarcazione a Auckland, una volta terminata la stagione della pesca all'alalunga.

Ma il *Sofia* non arrivò mai a destinazione. Affondò in una brutta tempesta al largo della punta settentrionale dell'Isola del Nord, in Nuova Zelanda: capo Reinga. Una donna annegò quando la nave colò a picco. I sedici sopravvissuti restarono in mare per cinque giorni a bordo di due scialuppe di salvataggio. Furono poi soccorsi da un mercantile russo in transito che li individuò grazie al loro ultimo razzo di segnalazione.

Ero in mare, a pescare, quando fui informata dell'affondamento. La barca su cui mi trovavo mi riportò a riva e volai a Wellington per incontrare l'equipaggio del *Sofia*. Tutti i miei progetti, in un attimo, erano affondati insieme a una giovane innocente e a una splendida nave.

Non sapevo bene cosa fare. Il mio visto, così come quello di altri membri dell'equipaggio del *Sofia*, era scaduto. Non avevo nulla oltre agli abiti che mi ero portata sul peschereccio e qualche cianfrusaglia.

Anche allora San Diego, dove avevo le mie radici, mi richiamò: solo che mancavo dal paese da tre anni, non da soli sei mesi come adesso.

Richard fece capolino da sottocoperta e, strappandomi ai miei pensieri, annunciò: «Arrivo previsto fra una trentina di giorni, amore».

Sorrisi perché, dopo aver ricordato i miei inizi infausti da marinaia professionista, la fiducia che riponevo in Richard era un conforto. Con lui si stava bene ovunque, persino nel bel mezzo di un mare agitato come quello.

Al quinto giorno dalla partenza da Tahiti, l'*Hazana* solcava le acque a un'andatura di sei nodi, spinta dal genoa e dalla randa di mezzana. A un certo punto, una ferramenta di coperta si allentò e l'acqua salmastra si riversò sulla radio a banda laterale unica, mandandola in cortocircuito. Il dondolio costante della nave per i venti da nordest ci impedì di dormire. I nostri corpi erano in tensione per lo sferragliamento delle attrezzature in coperta, per gli schiocchi delle vele e per i sussulti della barca. Il giorno seguente ci concesse una tregua. Il vento ci girò al traverso, sospingendoci a est: era proprio ciò di cui avevamo bisogno. Richard scrisse la parola *beatitudine* sul nostro giornale di bordo. Decidemmo di lascare le vele e di correggere leggermente la rotta.

Crogiolandomi al sole, mi rigirai tra le dita l'anello con il nodo d'amore che Richard aveva intrecciato per me. Puntando lo sguardo verso il pozzetto, lasciai che i miei occhi indugiassero sul suo fisico muscoloso. Ammirai la chioma castano chiaro, mossa come il mare, e la barba folta e cortissima, dorata dal sole.

Il giorno dopo, Richard scrisse sul giornale di bordo dell'*Hazana*: *Ormai ho rinunciato a qualsiasi illusione che gli alisei da SE possano fare meglio di quelli da E! In questo momento voliamo a 6 nodi, sospinti dalla randa di maestra con due mani di terzaroli, dalla trinchetta, dal genoa rollato ½ e dalla randa di mezzana.*

L'anemometro Brooks & Gatehouse si ruppe il Giorno Otto.

«Spero che non si rompa altro, di questa dannata attrezzatura!» esclamò Richard.

«Può essere la corrosione oppure qualcos'altro?»

«Al diavolo la corrosione. Sono congegni elettronici ad alta tecnologia. Il sole non splende tutti i giorni però, quando lo fa, almeno ti dice esattamente dove sei.»

«In tal caso, al diavolo i congegni elettronici ad alta tecnologia!» scherzai, battendo un palmo sul cassone che usavamo come sedile.

Nei tre giorni seguenti, l'*Hazana* volò. Le vele gonfie riflettevano la tinta salmone del sole e noi ne approfittammo per leggere, rilassarci e dormire. Ne avevamo davvero bisogno.

Domenica 2 ottobre, il Giorno Undici a bordo dell'*Hazana*, fu speciale per Richard e per me. Al crepuscolo, il mare turchese era fosforescente. Stappammo una bottiglia di vino e brindammo all'attraversamento dell'equatore e all'ingresso nell'emisfero settentrionale.

Davanti a noi si sollevò un geyser di schizzi argentei e traslucidi: un grosso branco di globicefali ci stava venendo incontro per giocare con l'*Hazana*. Inserimmo il pilota automatico e andammo a prua per goderci i loro salti e richiami striduli. Stringendo il pulpito di acciaio inossidabile, Richard si appoggiò alla mia schiena, la sua guancia contro la mia, mentre le balene intrecciavano meravigliosi festoni verde pallido davanti a noi.

«Le balene non sono stupende, amore?» mi chiese, affascinato. «Guarda come affiorano e si immergono» disse, strusciandosi lentamente contro di me. Quando l'*Ha-*

zana si sollevò sulla successiva onda morta, mi sussurrò in un orecchio: «Affiora...». E, quando la prua affondò nel cavo dell'onda, disse: «Si immerge».

«Potresti essere una balena, Richard» lo stuzzicai.

«Sono una balena, amore. Vedi, sto affiorando» mi disse, spingendomi appena in avanti, mentre il ritmo delle balene innescava un che di sensuale in lui, «e ora mi immergo.»

Mentre l'*Hazana* scorreva agevolmente nella gola dell'onda, Richard mi slacciò il pareo, stringendomi con le gambe. Annodò la stoffa intorno al pulpito e mi prese i seni tra le mani calde.

Mollai il pulpito e allargai le braccia, leggiadra polena dell'*Hazana*.

«Mmm» gemetti.

«Voglio immergermi con te, Tami» mormorò Richard. «Voglio affiorare e immergermi come fanno questi mammiferi selvatici.» Mi allungai all'indietro e gli slacciai i pantaloncini, che caddero sulla coperta in tek.

Con impeto crescente, affiorammo e ci immergemmo, affiorammo e ci immergemmo, selvatici e liberi come le balene, davanti a Dio, al paradiso e al cielo. L'*Hazana*, la balena regina, dettò il ritmo del dondolio e noi lo seguimmo.

In seguito, scrissi sul giornale di bordo: *Beatitudine!*

Giorno Dodici: Abbiamo issato la MPS, *una vela leggerissima che ci ha fatti procedere a 4 nodi finché gli alisei da sudest non ci hanno raggiunti. Gli alisei ci hanno tenuto compagnia per diversi giorni, spingendoci a est. Abbiamo visto parecchie balene e ora i delfini hanno mostrato le loro facce felici.*

L'alba dell'8 ottobre si presentò grigia, piovosa e deprimente. I venti erano imprevedibili, soffiavano da sudest a sudovest, per poi tornare da nord. Eravamo nei pressi della prua a controllare il sartiame quando un uccellino di terra si abbatté sulla coperta. La povera bestiola palpitava, instabile sulle zampette sottili come stuzzicadenti. Richard prese una salvietta e la gettò sopra il volatile. Dopo averlo raccolto lo portò nel pozzetto, al riparo dalla pioggia e dal vento. Restò rannicchiato dietro il parabrezza, sul tettuccio della cabina, arruffando le penne bagnate per riscaldarsi. Sbriciolai un pezzo di pane, ma l'uccellino sembrava troppo spaventato per mangiare. Quei venti assurdi dovevano averlo spinto lontano dalla riva. In seguito, Richard scarabocchiò la parola *ciclonico?* sul giornale di bordo.

Quando la lessi, mi chiesi cosa intendesse. Forse stavamo veleggiando tra venti anomali? Possibile? L'uccellino era stato intrappolato nel vento mutevole senza avere la forza o la capacità per liberarsi? Richard temeva di restare a sua volta intrappolato? Negli ultimi anni mi ero trovata tante volte alle prese con venti mutevoli, e non li avevo mai considerati ciclonici. Richard non sembrava particolarmente preoccupato, per cui nemmeno io diedi eccessivo peso alla cosa.

Il giorno seguente, il canale meteo wwv ci informò che la tempesta che imperversava davanti alle coste dell'America Centrale ora era stata battezzata *Depressione tropicale Sonia*. A quanto pareva, il suo occhio era tra il 13° N e il 136° O e si stava spostando a ovest a una velocità di sette nodi. Il che significava che si trovava a un centinaio di miglia a ovest rispetto alla nostra posizione.

Il canale wwv, inoltre, lanciava l'allarme circa un'altra tempesta tropicale, chiamata Raymond, che si stava formando al largo delle coste dell'America Centrale. Confrontando la nostra posizione (11° N e 129° O, con rotta verso nord-nordest) e la rotta che stava seguendo Raymond (12° N e 107° O, in direzione ovest a una velocità di dodici nodi), Richard scrisse: *Tenerlo d'occhio*.

Tenerlo d'occhio? Le tempeste vanno e vengono, pensai, *spesso esaurendosi*. Lo avevo imparato pescando in Nuova Zelanda. Richard manteneva il controllo sulle cose annotandole. Niente affatto turbata, continuai a occuparmi delle piccole incombenze della nostra routine quotidiana come cucinare, fare le pulizie, stare al timone e leggere. Era particolarmente piacevole sedermi nel pozzetto a scrivere agli amici che avevo lasciato a Tahiti lettere che avrei poi spedito da San Diego.

Poco prima di mezzanotte, il vento si abbassò, poi girò da est-nordest, facendo infuriare Richard. Fummo investiti da raffiche e pioggia.

Lunedì 10 ottobre il vento puntò da nord. Alle cinque del mattino, correggemmo la nostra rotta verso nord-nordovest per guadagnare velocità. L'intenzione era quella di spingerci più a nord possibile rispetto alla rotta di Raymond.

Il vento si abbassò a uno o due nodi e potemmo procedere a motore per quattro ore. Ma, a mezzogiorno, quando il vento iniziò a urlare, spegnemmo il motore e prendemmo due mani di terzaroli sulla randa di maestra. Era la velatura più ridotta che potessimo portare, prima di ammainare tutto, e ci serviva tutta la velocità possibile. Avevamo la trinchetta, e persino il genoa era terzarolato. Stavamo correndo a cinque nodi in direzione nord-nordovest. La tempesta tropicale Raymond ora era tra il 12° N e il 111° O e stava puntando ulteriormente a ovest. L'uccellino se n'era andato, aveva tagliato la corda.

Decidemmo di aggiungere altre vele nel tentativo di

fuggire a nord della tempesta in avvicinamento. Lungo ogni lato della barca, da prua a poppa, c'erano delle cime in tensione, note anche come *Jack Lines*, a cui potevamo agganciare le imbragature di sicurezza mentre lavoravamo sulla coperta. Spingemmo l'*Hazana* al massimo. Non avevamo scelta: dovevamo uscire dal percorso di Raymond, che stava rapidamente facendo impallidire le due terribili tempeste che avevo sperimentato nel Pacifico prima di incontrare Richard. Sapevo che lui se l'era vista brutta nell'attraversamento del golfo di Tehuantepec, in Messico, andando a San Diego. Ma quella tempesta presentava le condizioni peggiori che avessimo mai incontrato insieme.

Richard e io ci mettemmo a sgombrare la coperta, nel caso in cui la situazione avesse continuato a peggiorare: meglio evitare che qualche oggetto pesante volasse di qua e di là. Trasportammo le taniche supplementari di diesel da venti litri sottocoperta e le legammo nel bagno. Erano pesanti e sarebbe stato difficile spostarle con il mare grosso.

Alle due del mattino seguente, il genoa scoppiò. Il materiale strappato sbatté furiosamente nel vento; la sua raffica di schianti e schiocchi era assordante. Dopo aver avviato il motore e inserito il pilota automatico, Richard e io avanzammo con grande cautela verso l'albero maestro, agganciando di volta in volta le cime delle imbragature sulle *Jack Lines*. «Allenta la...»

«COSA?» gridai per farmi sentire nel vento fortissimo.

«LASCA LA DRIZZA QUANDO ARRIVO A PRUA, COSÌ LA TIRO GIÙ.»

«D'ACCORDO» urlai in risposta, allentando la cima.

Richard raggiunse faticosamente la prua. Osservarlo scivolare in avanti mi atterrì. Litri di acqua fredda esplosero sopra di lui, inzuppando anche me. L'*Hazana* si impennò sui flutti sempre più alti. La vela squarciata sbatté violentemente e pericolosamente nel vento.

Richard non riusciva a farla scendere. Alla fine, tornò da me.

«NON NE VUOL SAPERE. BLOCCA L'ESTREMITÀ DELLA DRIZZA CON UN NODO, VIENI A PRUA E AIUTAMI A TIRARLA GIÙ.»

Feci come mi aveva detto e avanzai carponi, abbassando la testa a ogni scroscio d'acqua salata. Tirammo e strattonammo la vela che il vento fustigava senza sosta. Finalmente, dopo essermi procurata delle vesciche sulle dita a forza di stringere la tela umida, la vela scese con un tonfo, rischiando di seppellirci. La raccogliemmo in fretta e la legammo alla meno peggio. A quel punto, facemmo scivolare il fiocco numero uno nella canaletta del rollafiocco e io legai la scotta nella bugna della vela. Tornai nel pozzetto per accertarmi che la scotta non fosse aggrovigliata, impigliata né altro.

Richard ritornò all'albero maestro, avvolse la drizza intorno al winch e issò la vela più che poteva. Strisciai fino alla dritta dell'albero e raccolsi la drizza in eccesso mentre lui metteva in forza il winch, issando la vela a segno. Sbatteva furiosamente, come un panno steso durante un improvviso acquazzone estivo. Avevamo paura che anche quella si strappasse. Una volta che fu issata completamente, tornai il più in fretta possibile nel pozzetto, mentre Richard fissava la drizza. Girai il winch come una forsennata per cazzare la vela. Richard tornò nel pozzetto e mi diede una mano a regolare la vela. Quel cambio di vele richiese quasi due ore. Eravamo esausti e fradici, e avevamo bisogno di mangiare. Tra una serie di marosi e un'altra, aprii il boccaporto e scesi in fretta nella cabina prima che uno spruzzo di acqua fredda dell'oceano mi seguisse.

Dentro l'*Hazana*, con tutti i boccaporti chiusi, faceva caldo. La barca si muoveva come una zattera tra le rapide. Mi chiesi cosa avrei potuto preparare senza difficoltà. Forse un brodo istantaneo di pollo? Mentre posavo la pentola sulla stufa a propano, ne chiusi i morsetti per evitare che l'acqua fuoriuscisse. Mi sfilai la mantellina impermeabile grondante e mi sedetti, esausta, sulla cuccetta.

Sette ore più tardi, dopo il terribile cambio di vele, Raymond procedeva ancora verso ovest, alla latitudine 12° N. Richard scarabocchiò sul giornale di bordo: *Stiamo bene*. Ovviamente, la nostra rotta verso nord ci stava portando lontano dal percorso occidentale di Raymond e, dunque, dal pericolo.
Per tutto il resto della giornata, il vento e le dimensioni dei marosi continuarono a crescere. Dalle creste delle onde si staccavano degli schizzi, sollevando una costante doccia di acqua salata vaporizzata. L'oceano sembrava incipriato, come se un cuscino di piume fosse esploso, svuotando la sua imbottitura bianca. A quel punto la tempesta tropicale Raymond era stata classificata come uragano Raymond. Il che significava che i venti soffiavano a una velocità minima di settantacinque nodi.
Alle 21.30 dell'11 ottobre, l'ultimo bollettino meteorologico collocava l'uragano Raymond alla latitudine 12° N, sempre su una rotta ovest-nordovest. Richard strepitò contro la radio: «PERCHÉ DIAVOLO STAI VIRANDO A NORD? RESTA LONTANO DA NOI, DANNAZIONE!». La sua impassibilità era venuta meno e quella che era esplosa era più che semplice rabbia: era paura, paura allo stato puro. La

mia cassa toracica si contrasse, un istinto per proteggermi cuore e anima. Richard annotò in fretta: *Siamo in prima linea.* Spiegammo ogni vela disponibile al massimo delle rispettive capacità. Rimpiansi tra me e me il genoa strappato e ormai inservibile; era una vela che in quel momento ci sarebbe davvero tornata utile perché era più grande del fiocco numero uno. Richard mi disse di modificare la rotta a sudovest. Se non ci fossimo posizionati sopra Raymond, nelle successive venti, ventiquattro ore forse saremmo riusciti a sgusciare a sud dell'occhio del ciclone e a raggiungere il semicerchio navigabile, il quadrante più sicuro che ci avrebbe sospinti fuori dal vortice anziché risucchiarci al suo interno. Non c'erano molte opzioni; dovevamo fare qualcosa. Sarebbe stato inutile avviare il motore, perché ormai viaggiavamo ben oltre la velocità critica. Il nervosismo e la paura di Richard erano evidenti. Non lo avevo mai visto in quello stato. Brontolava a bassa voce e, quando gli chiedevo che cosa avesse detto, scuoteva la testa e rispondeva: «Niente, amore. Niente».

Ma come potevo ignorare il modo in cui scrutava il mare a est e aggiustava ripetutamente le vele, nel disperato tentativo di guadagnare un pizzico di velocità in più per allontanarsi da Raymond, in rapido avvicinamento? L'adrenalina mi montò dentro: lotta o fuga. Sarebbe stato impossibile fuggire da quella situazione, per cui avremmo dovuto lottare. Lottare, lottare, lottare.

Alle tre del pomeriggio seguente, il bollettino meteorologico aggiornato ci disse che Raymond aveva alterato la sua direzione da ovest-nordovest ancora più a ovest, con raffiche fino a centoquaranta nodi. L'osservazione del sole pomeridiano ci diede una seconda posizione. Era un'indicazione del fatto che ci saremmo potuti scontrare con Raymond se avessimo proseguito sulla rotta a sudovest. Virammo subito e ci dirigemmo di nuovo a nordest, cercando di allontanarci il più possibile dal pericolo. Le condizioni erano già abbastanza dure, ma farsi strapazzare da un uragano avrebbe comportato il rischio di perdere il sartiame e restare menomati in mezzo al nulla. Non temevamo per le nostre vite, ben sapendo che i Trintella erano progettati per sopportare le peggiori condizioni in mare, ma il pensiero che uno di noi potesse restare gravemente ferito fece capolino nelle nostre menti, senza che nessuno dei due lo dicesse. Richard scrisse, con mano tremante: *Non possiamo fare altro che pregare.*

Più tardi, quella sera, il supporto superiore del tangone, l'asta che regge lo spinnaker, si ruppe e si staccò dall'albero maestro andando a schiantarsi sul ponte, trascinandosi nell'acqua su un fianco della barca. Richard e io accorremmo all'albero maestro per tentare di salvare il tangone dello spinnaker. Lui lo afferrò prima che la forza dell'acqua ne spezzasse il supporto inferiore e lo risucchiasse in mare. Ci volle lo sforzo di tutti e due per legare i suoi cinque metri di lunghezza al ponte. Mentre tornavamo a fatica al pozzetto, notammo che metà della vela di mezzana era uscita dalle guide di scorrimento e che ora sbatteva con violenza sotto i colpi del vento.

«CRISTO SANTO! COS'ALTRO DEVE SUCCEDERE?» sbottò Richard. Uscì dal pozzetto, agganciò l'imbragatura di sicurezza all'albero di mezzana e sciolse la drizza di mezzana. Una volta che la randa fu scesa, la legò al boma di mezzana.

Quando fu di nuovo vicino a me, al timone, notai quanto fossero scuri i cerchi sotto i suoi occhi. Tentò di non usare un tono sarcastico quando disse: «Non c'è molto altro che possa andare male».

«Andrà tutto bene. Andrà tutto bene, amore» dissi, tentando di convincere entrambi.

Nel buio, l'oceano era visibile grazie alle grosse calotte bianche di schiuma: una caldaia in ebollizione. La lancetta del barometro era precipitata lungo la sua scala graduata man mano che gli ululati del vento crescevano, con il mare che si faceva sempre più grosso, rabbioso, aggressivo. Avevamo il terrore che Raymond ci raggiungesse, ma non potevamo fare altro che procedere più veloci che potevamo sotto la spinta delle vele e del motore.

Restammo di guardia, riposando a turno, per quanto fosse possibile riposare. Avevamo i muscoli indolenziti per aver lottato con la ruota del timone contro quel mare violento, imprevedibile. La notte non era mai stata tanto lunga.

Il mattino seguente era grigio-cenere, con chiazze di luce che tingevano di una tonalità cupa il mare agitato. Gli schizzi dell'oceano ci sferzavano la faccia, senza darci tregua. Il vento si manteneva sui quaranta nodi. Terzarolammo tutte le vele e procedemmo con un fiocco e una randa striminziti. Per lo meno, servirono a stabilizzare la barca.

Intorno alle dieci il mare si inarcò, creando marosi che si profilavano come grattacieli sulla nostra barca. L'anemometro ci disse che la velocità del vento ora era di sessanta nodi, e fummo costretti ad ammainare tutte le vele e a mantenere la posizione procedendo a motore, con gli alberi spogli. A mezzogiorno il vento soffiava a cento nodi. Gli spruzzi erano incessanti. Richard mi raggiunse nel pozzetto e mi passò l'EPIRB (il trasmettitore di localizzazione d'emergenza), mentre si metteva al timone.

«PRENDI, VOGLIO CHE LO INDOSSI TU.»

«E TU?»

«TAMI, SE NE AVESSIMO DUE, NE INDOSSEREI UNO. FAMMI STARE PIÙ TRANQUILLO E METTITI QUESTO DANNATO AGGEGGIO.»

E così lo indossai. Agganciai la cavezza dell'imbragatura alla chiesuola e mi misi al timone, mentre Richard scendeva per tentare di calcolare la nostra posizione attuale e per ottenerne una aggiornata dell'uragano. Nello stridore incessante del vento, però, non udì altro che fruscii. Non poteva assolutamente rischiare di portare la radio all'esterno, con le continue cascate d'acqua che si riversavano sulla barca.

Richard tornò di sopra, si agganciò l'imbragatura e prese il timone. Io mi sedetti, accovacciata contro il battente del tambuccio, stringendo con tutta la mia forza la galloccia a cui era legata la mia cavezza. Eravamo inermi di fronte a ciò che imperversava intorno a noi. Gli ululati del vento erano snervanti. Lo scafo si sollevava ad altezze vertiginose e affondava nelle depressioni. Il mare ci avrebbe inghiottiti? L'ascesa della barca sulle onde gigantesche proiettava in aria lo scafo, che poi ricadeva a peso morto, sussultando violentemente all'impatto con l'acqua. Avevo il terrore che l'*Hazana* si spezzasse in due. Alla fine, gridai a Richard: «È FINITA? PUÒ PEGGIORARE ANCORA?».

«NO. TIENI DURO, AMORE; SII LA RAGAZZA CORAGGIOSA CHE CONOSCO. UN GIORNO, RACCONTEREMO AI NOSTRI NIPOTI COME SIAMO SOPRAVVISSUTI ALL'URAGANO RAYMOND.»

«SE SOPRAVVIVREMO» ribattei.

«SOPRAVVIVREMO. SCENDI A RIPOSARE UN PO'.»

«CHE SUCCEDE SE CI ROVESCIAMO? NON VOGLIO LASCIARTI DA SOLO.»

«LA BARCA SI RADDRIZZERÀ DA SÉ. GUARDA, SONO AGGANCIATO» disse, dando un forte strattone alla sua cavezza. «TORNEREI A GALLA INSIEME ALLA BARCA...»

Guardai la cavezza assicurata alla galloccia sul battente del tambuccio.

«VA' DI SOTTO» insisté. «TIENI D'OCCHIO IL BAROMETRO. AVVISAMI SE INIZIA A SALIRE.»

Con riluttanza, mi alzai e strinsi il dorso della mano di Richard. Il rumore del vento era simile a quello dei motori di un jet in retromarcia. Guardai l'anemometro e restai a bocca aperta di fronte ai centoquaranta nodi che indicava. Sempre a bocca aperta, guardai Richard e seguii il suo sguardo verso la testa dell'albero di maestra, in tempo per vedere il trasduttore dell'anemometro che volava via.

«REGGITI!» gridò, girando bruscamente la ruota del timone. Caddi su un fianco nell'istante in cui lo scafo veniva abbattuto. Andai a picchiare contro il battente del tambuccio. Una valanga di acqua bianca ci colpì. La barca fu percorsa da un inquietante fremito, da prua a poppa.

Richard mi rivolse un'occhiata angosciata. La sua faccia grondava acqua, la paura sembrava schizzare fuori dai suoi occhi azzurro intenso. Dietro di lui si levavano pareti verticali di acqua bianca e il vento feroce ne trasformava le sommità in turbini di vapore. I miei occhi interrogarono i suoi: non riuscivo a nascondere il terrore. Vacillò e poi mi strizzò l'occhio, alzando il mento di scatto, il segnale per farmi scendere al piano di sotto. Chiusi con forza il boccaporto con un ultimo sguardo al suo sorriso forzato e ai suoi occhi fissi su di me.

Strinsi il corrimano della scala del tambuccio, scendendo verso la cabina. Il movimento forsennato dell'*Hazana* mi impedì di fare qualunque cosa tranne crollare sull'amaca ancorata al tavolo. In un gesto automatico, agganciai la cavezza dell'imbragatura intorno al paletto del tavolo. Alzai gli occhi verso l'orologio di bordo: erano le 13.00. Il mio sguardo si posò sul barometro: era terribilmente basso, al di sotto dei settecentodieci millimetri. Il terrore si impossessò di me. Mi strinsi al petto la coperta che sapeva di muffa mentre l'amaca oscillava da una parte all'altra. Avevo appena chiuso gli occhi quando ogni movimento si arrestò. C'era qualcosa che non andava: era scesa una quiete eccessiva, la gola di quell'onda era troppo profonda.

«DIO DEL CIELO!» udii Richard gridare.

I miei occhi si aprirono di scatto.

Thump!

Mi coprii la testa, veleggiando verso l'oblio.

2

DALLE 13.00 ALLE 16.00

WAAA-AH, WAAA-AH.
«Debbie, ti spiace andarci piano con quella smerigliatrice? Rischi di bruciarla.»
«Ma Tami, non funziona!»
«Be', cambia la carta vetrata, miss Pigrizia.»
«Pigra io! È un lavoraccio. E poi ho una fame pazzesca.»
«D'accordo. Pausa pranzo.»
Era una giornata calda, come quasi tutte le giornate estive a San Diego. Il frastuono del cantiere navale si era spento per il pranzo, diffondendo una quiete tutta da gustare. Con uno straccio tolsi la polvere dai sedili del pozzetto e Deb e io ci sistemammo sotto il tendone, all'ombra. La brezza marina era leggera e ci solleticava la pelle calda e abbronzata. Tirai fuori dal mio portapranzo un sandwich al tonno e una mela Red Delicious.

«Ancora tonno?» chiese Debbie.

«Sì, alalunga bianco. È ricco di proteine. Dovresti provarlo. Tu ancora burro di noccioline?»

«Sì. Anche questo è ricco di proteine. Dovresti provarlo.»

Debbie diede un morso enorme e poi masticò a bocca aperta per infastidirmi. Per poco non soffocava. «A proposito di proteine, guarda il tizio che sta arrivando» borbottò.

Mi voltai e vidi un bel ragazzo dai capelli biondo miele risalire la banchina. Mi piacevano il suo passo e il movimento delle sue spalle forti e squadrate, trasmetteva determinazione. Indossava dei pantaloncini, una maglietta e un paio di scarpe Topsider, senza calze. I peli ricci delle gambe, schiariti dal sole, emanavano riflessi dorati. Quando si avvicinò, notai la sfumatura ambrata – simile a quella di un campo di grano – della barba folta e ben curata. Gli dava un tocco in più: il modo in cui gli incorniciava il viso era attraente. Siccome mi piaceva fisicamente, sibilai a Debbie: «Non dire una parola, d'accordo?».

«Sei davvero paranoica. Cosa dovrei dire? "Ciao, bellezza"?»

«Non farlo e basta...»

Debbie e io eravamo vecchie amiche e io sapevo che

solo un miracolo le avrebbe fatto tenere chiusa quella boccaccia. Ma fu lui a rivolgerci la parola, salvandola.

«Che spettacolo, signorine.» Il suo accento britannico mi sorprese.

«Grazie» disse Debbie con un gran sorriso, prima di aggiungere in tono civettuolo: «Cromature di Tami. Ogni lavoro svolto da noi è bello da vedere. Piacere, Debbie. Lei è Tami. Siamo disponibili a essere arruolate».

«D'accordo, Debbie.» Lui fece un sorrisino timido. «Terrò a mente il fatto che voi due sapete far splendere una barca. E non in un modo solo...»

«Proprio così. È uno dei nostri numerosi talenti. Vero, Tami?»

Mi sentii arrossire come la mia mela e borbottai: «Già, giusto, Deb».

Capii che si era accorto del mio imbarazzo da come inclinò la testa e mi sorrise. «Altri talenti? La cosa si fa interessante.»

Non sarei riuscita a sopportare ancora a lungo quello scambio. Debbie se ne usciva sempre con qualcosa del genere, e quell'uomo probabilmente pensava che fossimo due sciocchine che amavano gli yacht. L'avrei strangolata. Non sapendo come cambiare educatamente argomento, esclamai: «Dobbiamo rimetterci al lavoro».

«Ehi...» fece per protestare Debbie, guardando l'orologio.

«Abbiamo una scadenza da rispettare» mugugnai, rimettendo ciò che restava del mio panino nel sacchetto di carta marrone.

«Non è mia intenzione trattenervi, signorine. È stato un vero piacere, un piacere che spero si ripeterà quando non sarete così impegnate. Arrivederci, Debbie. Arrivederci, Tami.»

Lo guardai e mi trovai davanti a un fantastico sorriso. Ebbi un tuffo al cuore. I suoi occhi celesti, chiarissimi, mi stregarono.

«Ehi, amico, come ti chiami?» Debbie ruppe l'incantesimo.

«Richard. Richard Sharp, al vostro servizio. Mi trovate sul *Gypsy*, accanto alla banchina D.»

«Be', arrivederci anche a te, Richard della banchina D.» Debbie rise.

Lui le rivolse un sorriso caloroso e a me disse: «Ci vediamo in giro?». Avvampai nuovamente e sorrisi come un'adolescente, prima di costringermi a girarmi dall'altra parte. I suoi passi echeggiarono sul lungo pontile di legno.

«Hai visto come ti guardava?» disse Debbie, con voce stridula. «È innamorato.»

«Dài, piantala. Mi hai messa davvero in imbarazzo, con quella cosa su "uno dei nostri numerosi talenti"! Siamo delle professioniste, non delle ochette portuali. Sono così mortificata che potrei addirittura licenziarti.»

«Oh, non ricominciamo!» Debbie emise un sospiro, gettando il sacchetto di plastica del suo sandwich nel secchio da venti litri che utilizzavamo come pattumiera. «Non è stata una pausa pranzo accettabile. Oggi mi merito uno straordinario.» Doveva sempre avere l'ultima parola.

Per tutto il pomeriggio pensai a Richard. Stavo uscendo con un paio di ragazzi, ma niente di serio. Lui doveva essere in gamba, se era stato assunto dal *Gypsy*. Pensai al suo accento britannico, molto esotico. Continuavo a vedere la sua immagine nel riflesso dei verricelli di acciaio inossidabile che stavo lucidando. Sapevo che volevo rivederlo, ma non avevo mai sviluppato la capacità di rimorchiare di Debbie e di altre mie amiche. Quell'incontro mi aveva trasmesso una sensazione grandiosa, mi aveva fatto sentire viva. Sperai di rivederlo presto e mi chiesi quale attrezzo avrei potuto chiedere in prestito sulla banchina D.

Quel pomeriggio, tornai a casa in preda all'euforia. Appena ebbi varcato la soglia, il telefono si mise a squillare. «Tami, sono Bridget. Ho una bella sorpresa per te.»

«Davvero? Fantastico» replicai. «Stavolta dove devo

andare?» Sapevo che stava parlando di lavoro. Ero la prima persona a cui Bridget pensava quando non poteva occuparsi di persona della consegna di una barca. Quella volta, però, il mio entusiasmo si spense non appena l'immagine di Richard mi balenò nella mente: se avessi accettato di consegnare quella barca, non lo avrei visto per parecchio tempo.

«Questo lavoro sembra divertente» disse Bridget. «Si tratta di un modernissimo sloop da regata, diretto alla Big Boat Series che si terrà presso il St. Francis Yacht Club di San Francisco. Vorrei tanto potermene occupare io.»

«Be', grazie per aver pensato di nuovo a me.»

«Lo skipper è un sudafricano, un certo Eric. È alto, ha i capelli e gli occhi scuri. È attraente, ma è un tipo a posto, non un marpione, sempre che non sia tu a provarci per prima.»

«No, non quando lavoro.»

«Molto saggio. Vorrebbe conoscerti domattina, alle sette e mezzo, al Red Sails Inn, per discutere dei dettagli. Ce la fai?»

«Certo, Bridget. Grazie mille.»

«Noi primi ufficiali dobbiamo fare gruppo. A dopo.»

Quando entrai nel ristorante, riconobbi Eric grazie alla descrizione che Bridget mi aveva fatto al telefono.

Era seduto insieme ad altri due tizi che mi davano le spalle. Mi avvicinai e mi presentai. Dovevano essere lì da un po' perché avevano quasi finito di fare colazione.

Eric mi presentò a Dan, l'americano, e poi a Richard, l'inglese.

Per poco non stramazzai sul pavimento. Il sangue mi affluì alle guance. *Oh, basta arrossire*, pensai. Ma non potevo impedirlo. Richard mi sorrise come se avesse capito la situazione e si alzò leggermente dalla sedia mentre mi accomodavo davanti a lui. A distanza così ravvicinata e lontano dal sole intenso, notai che i suoi occhi non erano esattamente celesti bensì più scuri: color lapislazzulo. Dovetti distogliere lo sguardo perché, se lo avessi fissato ancora un po', sarei svenuta. Nessun uomo mi aveva mai fatto quell'effetto, prima di allora.

Eric mi domandò del mio curriculum da marinaio. «Ho navigato dalla California alla Nuova Zelanda, attraversando il Pacifico meridionale» risposi.

Mentre Richard mangiava l'ultimo boccone della sua omelette, notai che aveva le mani ruvide, callose. Mangiava all'europea, stringendo la forchetta al contrario. Doveva essere sulla trentina, più vecchio di quanto avevo immaginato la prima volta che l'avevo visto. Era adorabile.

L'equipaggio per il viaggio di consegna della barca sarebbe stato composto da Eric, Dan e la sottoscritta, se avessi deciso di accettare il lavoro. Fu una delusione scoprire che Richard non sarebbe venuto con noi. Aveva una scadenza da rispettare sul *Gypsy*.

Mentre parlavamo della consegna, i miei occhi verdi incontrarono quelli azzurri di Richard e mi accorsi che anche lui mi stava guardando. Quando la conversazione iniziò a languire, nel locale entrò una bella donna, bionda ed esile, sulla trentina. Si fermò alle spalle di Richard e gli posò una mano sulla schiena. Ci restai malissimo: era attratto da me, ma ovviamente era impegnato. E allora perché diavolo si era messo a flirtare? Odiavo essere illusa.

La donna si chiamava Lizzie e aveva a sua volta un accento britannico. Era venuta a comunicare un messaggio di lavoro a Richard. Li osservai mentre se ne andavano insieme e sperai che la mia delusione non fosse troppo evidente. Eric, Dan e io ci organizzammo in vista della partenza del viaggio di consegna della barca, di lì a cinque giorni.

Quel lavoro fu un gioco da ragazzi. Le acque furono piatte come una tavola persino quando doppiammo il tristemente noto Point Conception. Una cosa alquanto demoralizzante, perché non vedevo l'ora di navigare su quell'esclusivo sloop da regata, dato che non ero mai stata a bordo di una barca a vela dotata di congegni idraulici, e nemmeno su una con un solo albero. Dan ed Eric si dimostrarono deliziosi: il senso dell'umorismo del primo ci tenne allegri e l'atteggiamento impassibile e le competenze marinare del secondo ci tennero in rotta.

L'elitario St. Francis Yacht Club si affacciava sulla baia, nel cuore di San Francisco. La posizione era spettacolare, ma l'ambiente non proprio accogliente: mi sentii un'aliena. Il circolo era strapieno di gente affascinante e vestita all'ultima moda marinara. Grazie a conversazioni che captai e ad altre a cui presi parte, scoprii in fretta che avevo accumulato più miglia nautiche in mare aperto del settantacinque percento dei marinai presenti. Riflettei sul denaro che certa gente era disposta a spendere in frivolezze come anelli, orecchini e ciondoli con diamanti. Le eleganti riproduzioni di simboli nautici in oro intrecciato dovevano essere costate una fortuna. Al polso di quasi tutti c'era un Rolex. Era un miracolo che lo specchio nel bagno delle donne non si fosse rotto, con tutte le occhiatacce di gelosia che si scambiavano le presenti. Era chiaro che la concorrenza non riguardava soltanto il mare, e non impiegai molto a capire che quegli yacht da regata e il relativo stile di vita non facevano per me.

Per tutta la settimana del viaggio di consegna, non riuscii a togliermi Richard dalla testa. Feci qualche domanda discreta a Dan sul suo conto e venni a sapere che aveva trentaquattro anni e che la sua relazione con Lizzie era in crisi. Dan mi disse che Richard si era costruito da solo la sua barca a vela in Sudafrica e che stava circumnavigando il mondo; aveva deciso di fare una breve sosta a San Diego per eseguire dei lavori di riparazione e per guadagnare qualche soldo. Un'informazione che risvegliò il mio interesse.

Dopo il viaggio nel Pacifico meridionale, avevo capito di avere un talento artistico per la verniciatura. Quando ero rientrata dalla Nuova Zelanda e avevo scoperto che c'era richiesta per i lavori di rifinitura, avevo messo in piedi un'attività di lucidatura. Una volta effettuata la consegna, Dan e io tornammo a casa in aereo. Lui era libero, in attesa dell'ingaggio successivo, per cui lo assunsi: sarebbe stato utile, insieme a Deb, alla mia fiorente attività. Più o meno una settimana dopo il nostro ritorno, Richard invitò me e Dan a pranzo; quel giorno, Deb era di riposo. Misi da parte il mio sacchetto marrone e dissi di sì, con tutta la nonchalance di cui ero capace. Mi sentii i suoi occhi addosso mentre scendevo dalla scaletta. Si protese verso di me e mi sostenne quando mi staccai dall'ultimo piolo. Un vero gentiluomo, che mi aveva conquistata senza riserve.

Un pomeriggio, Richard passò dalla barca che stavo

verniciando e mi chiese di uscire a cena con lui quella sera stessa. Esitai e gli dissi che mi sarei trovata a disagio a trascorrere del tempo con lui, dato che stava con Lizzie. Rispose che mi stava invitando a cena proprio per parlare e che mi avrebbe spiegato il rapporto che aveva con lei. Inoltre, avremmo potuto chiacchierare del Pacifico meridionale: l'anno seguente lo avrebbe attraversato in barca, senza di lei, e gli sarebbe piaciuto approfittare delle mie conoscenze al riguardo in un ambiente tranquillo come quello di un ristorante. Valutai se rifiutare ma, in effetti, sapevo parecchie cose sul Pacifico meridionale. E come avrei potuto dire di no, quando il mio cuore mi trasmetteva in codice Morse la parola *sì*? E così accettai.

Non vedevo l'ora. Pensai a Richard per tutto il giorno, al suo aspetto attraente e al suo fisico muscoloso. Decisi di indossare un abito nuovo, color pesca. Era semplice, ma sapevo che le bretelline sottilissime mi facevano risaltare spalle e braccia scolpite, di cui andavo fiera.

Quella sera Richard mi spiegò che lui e Lizzie si erano lasciati, ma che lei viveva ancora sulla sua barca, in attesa di tornare in Inghilterra. Disse che, da quando mi aveva incontrata, si era stancato di tenere la sua vita e le sue emozioni in stallo. Dopo che avevo accettato il suo invito a cena, glielo aveva detto. Mi confessò che lei non l'aveva presa bene, ma che le aveva spiegato che era pronto a iniziare un nuovo capitolo della sua vita e che lei avrebbe dovuto fare altrettanto. Si scusò per quando si era presentata al ristorante e disse che sperava di non avermi messa in imbarazzo. Sono certa che l'elettricità tra noi era palpabile in tutto il locale.

Il fatto che di lì a poco non avrebbe avuto legami mi fece stare molto meglio, fu addirittura un sollievo. Passammo una splendida serata e scoprimmo molte cose l'una dell'altro. Era figlio unico e aveva una sorellastra, Susie, di tredici anni più vecchia. Gli parlai della mia famiglia e gli dissi che ero stata figlia unica finché non avevo compiuto ventidue anni, quando mio padre aveva avuto un figlio, Dane. Ma, cosa ben più importante, scoprimmo che condividevamo una grande passione per il mare.

Richard era nato in Inghilterra nel 1949, in una famiglia dell'alta borghesia. Suo padre era un militare della Marina in pensione che, dopo la guerra, aveva fatto fortuna. Sua madre, purtroppo, si era suicidata quando lui aveva sette anni. Il padre si era risposato quasi subito e Richard chiamava *mamma* la matrigna.

Si era iscritto a un'accademia navale nei pressi di Londra, con l'intenzione di diventare un ufficiale della Marina. Una volta maggiorenne, però, aveva iniziato a ribellarsi alla volontà del padre e alle pretese degli ufficiali, ed era stato espulso per insubordinazione. Aveva finito gli studi presso un'altra scuola privata, ma era convinto che il padre non gli avesse mai perdonato la scelta di andare contro la sua volontà.

Dopo il diploma Richard aveva lavorato per Olivetti, un'azienda che produceva e commercializzava attrezzature elettroniche da ufficio. Era bravo nelle vendite ed era riuscito ad acquistare un appartamento a Londra. Si era fatto un bel guardaroba e aveva cambiato diverse macchine sportive (così come diverse donne sportive, ne ero certa). Tuttavia, con un'espressione distante, ammise che in quel periodo non si sentiva appagato. Quando si era presentata la possibilità di lavorare per Olivetti in Sudafrica, l'aveva colta al volo. Si era adattato rapidamente a quel paese e ne aveva apprezzato la bellezza e la diversità, benché disprezzasse l'apartheid e le limitazioni che rappresentava per la gente.

In quel periodo aveva conosciuto un tizio in un cantiere navale che costruiva barche in ferrocemento. Avevano fatto subito amicizia e, ben presto, Richard aveva ricevuto la proposta di acquisire una quota azionaria del cantiere. Aveva accettato con entusiasmo, lasciando Olivetti senza rimpianti. Adorava costruire yacht da nove a quindici metri di lunghezza. Era stato a quel punto che Richard aveva incontrato Eric, lo skipper che mi aveva assunta per aiutarlo a consegnare la barca a vela a San Francisco.

Gli chiesi quando fosse entrata in scena Lizzie. Mi disse di averla conosciuta nei Caraibi mentre attendeva la fine della stagione degli uragani. Si erano piaciuti e Lizzie aveva deciso di partire per San Diego insieme a lui. Richard aveva scelto quella meta dopo aver ricevuto una lettera di Eric secondo cui era un bel posto in cui *svernare*. Aveva saputo inoltre che lì avrebbe potuto allestire la sua barca in vista della crociera nel Pacifico meridionale e che, con le capacità che aveva, avrebbe potuto trovare facilmente lavoro da qualche altra parte.

Se in quell'istante Richard avesse potuto leggermi nel pensiero, avrebbe udito queste parole: *Sei venuto qui perché era destino che mi trovassi.*

Catturò totalmente la mia attenzione quando i suoi intensi occhi azzurri si fissarono nei miei e mi confessò che Lizzie non era la donna giusta, che non erano fatti della medesima stoffa. Lui era nato per vedere il mondo e nulla – nessuno – lo avrebbe fermato. Era chiaro che voleva che lo sapessi fin dall'inizio.

Mi domandai quali sarebbero stati i suoi progetti dopo aver veleggiato intorno al mondo. Avrebbe continuato a girovagare in eterno? Trovai un modo discreto per chiederglielo e lui rispose che non ne era sicuro, ma pensava che un giorno gli sarebbe piaciuto avere una famiglia. Magari avrebbe addirittura acquistato un piccolo cantiere navale che aveva visto nel Sud dell'Inghilterra, se mai fosse stato in vendita. Ma, prima, il Pacifico meridionale. Mi chiese senza troppi giri di parole se mi sarebbe piaciuto partire con lui.

Risi ma, in cuor mio, ero emozionata. Diceva sul serio?

«È tardi, non corriamo troppo» replicai, anche se una parte di me avrebbe voluto saltare a bordo della sua barca e partire per il Pacifico meridionale quella notte stessa.

Quando mi accompagnò alla macchina, si sporse verso di me e mi diede un bacio delicato della buonanotte. Mi sembrò di essere in paradiso, e insieme all'inferno. Avevo una voglia matta di abbandonare del tutto il protocollo della brava ragazza e di gettargli le braccia al collo, per non lasciarlo più. Con mia grande costernazione, tuttavia, il mio lato razionale la spuntò, come quasi sempre succede. Lizzie doveva sparire dalla sua vita prima che io accettassi di entrarvi.

Tornai a casa con un sorriso a trentadue denti. Non mi ero mai sentita così riguardo a un uomo. Capii in quel preciso istante che avrei fatto ritorno nel Pacifico meridionale. «*Mauruuru, mauruuru, mauruuru roa, atua.* Grazie, grazie, grazie mille, Dio.»

Circa una settimana più tardi, Richard mi disse che

sua nonna era venuta a mancare e che sarebbe dovuto rientrare in Inghilterra per il funerale. Lizzie avrebbe preso lo stesso aereo. Pensai che stesse tentando di dirmi che tra noi era finita. Serrando i pugni, gli feci garbatamente le mie condoglianze, mi voltai e mi allontanai. Mi raggiunse e mi spiegò che Lizzie non sarebbe tornata in America, ma lui sì, e presto. Prima di accomiatarsi, disse: «Tami, ora che ti ho trovata, non ti lascerò mai andare».

3

IL RISVEGLIO

Aprii gli occhi e vidi un cielo azzurro e nubi bianche, vaporose. Mi pulsava la testa. Cercai di toccarla, ma su di me c'erano delle cose – non sapevo bene cosa – che mi soffocavano, mi schiacciavano. Che stava succedendo? Non riuscivo a pensare, non riuscivo a ricordare. Dov'ero? L'amaca pendeva storta e io sfioravo il pavimento. Una latta di lubrificante WD-40 tintinnava contro il paletto di sostegno del tavolo. Mi mossi e un libro cadde nell'acqua con un tonfo.

Mi liberai a fatica. Un peso morto mi inchiodava dov'ero. Cibo in scatola, libri, cuscini, abiti, una porta e pannelli della volta del quadrato scivolarono giù dal mio corpo quando mi sforzai di mettermi a sedere. Mi ritrassi di scatto perché ero coperta di sangue. Avvertii un bruciore allo stinco sinistro, causato da un bruttissimo taglio.

Dov'ero? Che cos'era successo? Ero confusa, non riuscivo a orientarmi. L'orologio sulla parete scandì un secondo. Le 16.00? C'era qualcosa che non andava... La mia cavezza, ancora agganciata al paletto del tavolo, mi limitava i movimenti. Mi trovavo ovviamente su una barca, ma quale barca? Le mie dita deboli cercarono freneticamente di sganciare la cavezza.

Dopo esserci riuscita, provai a guardarmi intorno. Avevo la vista annebbiata, un mal di testa fortissimo. Portandomi una mano alla fronte, trasalii. Me la guardai e la vidi rossa. Fui percorsa da brividi incontrollabili.

Strisciai con difficoltà fuori da quel labirinto di rottami. Mi alzai sulle gambe instabili. Avevo la schiena bagnata e l'acqua mi arrivava alle ginocchia. Mi sentivo svenire. Lentamente, con cautela, un passo alla volta, avanzai a guado, facendomi strada tra gli ostacoli che galleggiavano nel mezzo metro abbondante di acqua che copriva il pagliolato. Era una follia. L'interno della barca era nel caos. Santo cielo, cos'era successo? Libri, carte nautiche, cuscini, posate, assi, tazze, indumenti, scatolame, pezzi di ricambio, fagioli, farina d'avena: tutto galleggiava oppure era appiccicato al soffitto, alle paratie o allo scafo. Il forno si era staccato dalla fiancata destra della barca e si era incastrato nella libreria della postazione di navigazione, a sinistra.

Che barca è questa? Dove sono?

Mi diressi verso la cabina prodiera. «C'È QUALCUNO?» gridai. La mia voce mi parve strana. Studiai, a bocca aperta, ogni nicchia e recesso. Avanzando con cautela verso la prua, misi dentro la testa. Lì, allo specchio, vidi l'immagine di una persona spossata, dal volto coperto di sangue, con un'ampia ferita aperta sulla fronte. Lunghe ciocche di capelli, spettinati e impiastricciati di rosso, spuntavano dal cranio. Mi portai di scatto le mani alla bocca, spaventata. Gridai. Poi gridai di nuovo. Quella figura assurda ero io.

«No!» urlai, andando a sbattere contro la paratia.

Caddi nella cabina prodiera. Anche lì, tutto era sottosopra.

Le amache portaoggetti appese su ciascun lato della cuccetta si erano rovesciate: c'erano abiti sparpagliati ovunque. Libri in formato tascabile erano caduti dagli scaffali. Il lungo materasso della cuccetta era piegato, fuori posto. Dappertutto, scatolame e stoviglie rotte.

Scossi la testa e mi chiesi come avessero fatto cibi e stoviglie a finire nella cabina prodiera. Incredula, tornai nel quadrato.

«Ray?» chiamai in tono apprensivo.

Ray? Mi domandai da dove saltasse fuori quel nome.

Non è Ray. Ray è l'uragano. Uragano? L'uragano Ray... Raymond. Richard dov'è? Richard... «Dio del cielo...»

La paura mi fece crollare in ginocchio e vomitai. Un po' di acqua di sentina mi schizzò in faccia. Richard non era sceso con me.

«RICHARD?» gridai. «RICHAAAAARD!»

Mi rialzai a fatica, ma dopo un solo passo il tacco di uno degli stivali di gomma che indossavo slittò. Sbattei contro il tavolo e vomitai di nuovo. Guardai ancora una volta l'orologio di bordo e cercai disperatamente di concentrarmi sulla lancetta dei secondi: mille e uno, mille e due. Erano le quattro del pomeriggio. *Aspetta, non può essere!* gridò la mia mente scossa. Era successo all'una, l'una del pomeriggio. «Dio mio... Oh, Richard... RICHAAA-AARD!» strillai strisciando verso la scaletta di boccaporto, schizzando acqua dappertutto con le mani, spostando cibo, cuscini, libri, qualsiasi cosa mi trovassi davanti.

«RICHARD? RICHARD?» urlai più volte, strozzandomi con le mie stesse parole.

La scala del tambuccio si era staccata dai sostegni e giaceva di traverso contro il sedile della postazione di navigazione. La spinsi sul pavimento, scansandola, e salii sul dorso del divano, urlando il nome di Richard. Il portello scorrevole del tambuccio si era strappato dai binari, lasciando un ampio foro. Mentre mi issavo nel pozzetto, sbattei la testa contro il boma che bloccava l'ingresso. «DANNAZIONE!» tuonai, per poi scavalcarlo con difficoltà.

Fu allora che vidi la cima di sicurezza di Richard fissata alla galloccia sul battente del tambuccio. La cavezza penzolava oltre la fiancata della barca. Santo cielo, possibile che fosse attaccato all'altra estremità?

Mi gettai sulla sagola di sicurezza, la strinsi con forza e la strattonai energicamente. Volò dentro il pozzetto e il metallo crepitò contro la vetroresina. Ecco l'altra estremità: il D-ring, l'anello metallico, si era staccato.

Disperata, guardai in ogni direzione. Dov'era il vento ululante? Dov'era la pioggia battente? Dov'erano andati a finire? Le onde oceaniche erano lenti marosi alti meno di due metri, non i mostri di qualche ora prima.

Persi la ragione. Dopo aver forzato i bauletti che usavamo come sedili, gettai in mare i cuscini e qualsiasi cosa galleggiasse. *Lui è lì fuori, da qualche parte. Magari, è vivo. Dio, ti prego...*

«Aggrappati a questo. E a questo. E a questo... TIENI DURO, RICHARD, TI TROVERÒ.»

Scesi in fretta sottocoperta e afferrai altri cuscini, spingendoli fuori dall'ingresso. Tornata di sopra, li gettai tutti in acqua. I rottami ondeggiavano su un mare per il resto sgombro. Fui percorsa da una scarica di adrenalina che mi fece martellare il cuore.

Vedendo l'asta galleggiante per segnalare l'uomo a mare attaccata alla malconcia battagliola di poppa, la raggiunsi di corsa e tentai disperatamente di districarla. Gettai l'asta in acqua, il più lontano possibile. Ero debolissima. La bandiera arancione ondeggiò tra i flutti.

Potrebbe essere vivo. Sono passate solo tre ore.

La sua ultima supplica, *Dio del cielo,* mi tuonò nel cervello. Doveva essere stata un'onda gigantesca. Più grande dei mostri alti quindici metri. Un'onda anomala. Ci eravamo rovesciati e Richard... *Oh, amore mio... Dio, non... non puoi...*

«RICHARD? RICHARD, DOVE SEI?» Scrutai l'oceano intorno a me fino ai margini di un orizzonte caliginoso. Non c'era nulla nel mare grigio ferro: le gole delle onde erano depressioni basse, vuote. «TI PREGO, TI PREGO, TI PREGO.» Di lui non c'era traccia.

L'*Hazana* era devastato. L'albero di maestra non c'era più, a eccezione di un troncone lungo poco più di un metro, ancora attaccato al suo boma. La mastra, un alloggiamento metallico utilizzato per alzare e abbassare l'albero di maestra, giaceva su un fianco ed era legata a una grossa porzione della tuga, almeno un metro e mezzo di tavole. Lo spesso perno da cinque centimetri che aveva bloccato il piede dell'albero nella mastra giaceva sul ponte, tranciato in due.

«Dio del cielo...» gemetti mentre sbirciavo dallo squarcio il quadrato, scorgendo l'amaca su cui ero stata sdraiata e tutti i rottami galleggianti. L'albero di mezzana era in mare e sbatteva contro lo scafo, bloccato dalla sartia di tribordo, ovvero sul lato di dritta. Attrezzature di acciaio inossidabile penzolavano sul pelo dell'acqua, l'avvolgifiocco e la trinchetta si trascinavano in mare. Due scalmotti da tre centimetri in acciaio inossidabile erano accartocciati come lattine. Gli altri erano spezzati in due. Il coperchio dell'armadietto del propano era sparito e le bombole di propano non c'erano più.

«MIO DIO... RICHARD? RICHARD?» gemetti. Mi guardai intorno. «Richard? Richard?»

Ti prego, Signore, ti prego.

Mi cedettero le gambe: mi aggrappai al boma e vomitai di nuovo.

Non poteva essere morto. I conati a vuoto mi tolsero il fiato. In preda a un terrore cieco, strinsi il boma e rimasi a terra, stordita, con una guancia contro il freddo alluminio.

Una voce interiore irruppe nei miei pensieri: ALZATI. DATTI DA FARE.

Piangendo, strisciai sopra il boma abbattuto, mi sporsi verso la scala del tambuccio e cercai a tentoni il binocolo. Miracolosamente, era ancora al suo posto.

Dopo essermi trascinata di nuovo fino al boma mi alzai, puntellandomi, e pensai: *Posso salvarlo, posso salvarlo*, mentre scrutavo con il binocolo l'oceano intorno a me. Non la smettevo di tremare: i due oculi delle lenti mi premevano contro le orbite, mi colpivano le sopracciglia.

Guardai ovunque, ma non vidi altro che un vasto mare desolato, con onde morbide alte poco meno di due metri. Nulla. Là fuori non c'era assolutamente nulla, dannazione.

Prova il motore! tuonò la voce interiore.

Tolsi l'aria, regolai la valvola a farfalla e schiacciai il tasto di accensione. Niente. Non un solo borbottio o crepitio. Speravo con tutta me stessa, senza neppure rendermene conto, che il motore si avviasse: avevo i nervi tesissimi e lo stomaco sottosopra. Quando mi strinsi le braccia intorno al corpo, capii che l'EPIRB era ancora attaccato al mio polso. Tentai maldestramente di sganciarlo. Non riuscivo a concentrarmi. Come funzionava quell'aggeggio?

Sfila la protezione. Schiaccia l'interruttore. Nulla. Mi alzai e sollevai l'apparecchio radio nell'aria. Ancora niente. Lo feci ruotare con una serie di movimenti circolari. Nulla. Mi sedetti e ricominciai da capo.

Con dita nervose, risistemai la protezione e poi la sfilai. Premetti l'interruttore e sollevai l'EPIRB. Tirai fuori le batterie con qualche difficoltà e poi le reinserii. Nulla. Dannazione!

Acqua. L'EPIRB si attivava con l'acqua. Aprendo bruscamente il comparto sotto il sedile, vidi il secchio dentro il buco. Era il secchio che Richard e io utilizzavamo per versarci addosso l'acqua di mare per rinfrescarci. Allungandomi, afferrai la cima attaccata al secchio.

Reggendomi alla battagliola di poppa, gettai il secchio in acqua, ne raccolsi quella che potevo issare a bordo e tirai il secchio fin dentro il pozzetto. Ci gettai dentro l'EPIRB. Si alzarono delle bolle, ma non accadde altro. Niente luci né segnali acustici. Estrassi il dispositivo dall'acqua e lo scossi. Nulla. Disgustata, lo lanciai nel secchio. L'acqua salata schizzò ovunque, facendomi bruciare la ferita profonda allo stinco.

Non riuscivo a ragionare con lucidità. Mi pulsava la testa e ogni movimento mi procurava fitte in tutto il corpo. L'unica cosa che mi veniva in mente era gettarmi in mare e mettere fine a quell'incubo. Se Richard mi avesse chiamata, sarei saltata fuoribordo.

Non farlo, potrebbe essere vivo.

«Come diavolo fa a essere vivo? È vivo? Dov'è?» Guardai freneticamente in ogni direzione. «È sottocoperta? È SOTTOCOPERTA?» gridai, aspettandomi che Dio mi rispondesse.

«DOV'È? SOTTOCOPERTA?» Mi affrettai a scendere il più rapidamente possibile.

4

AFFONDARE

Caddi in una pozzanghera profonda. Cinquanta centimetri abbondanti d'acqua coprivano la sentina scoperta. «RICHARD, RICHARD» urlai tra le lacrime. «DOVE SEI?»

Sapevo che non era a prua; ci ero già stata, per cui mi diressi a poppa. Dopo aver superato a fatica la cucina, gettandomi alle spalle i detriti galleggianti, mi lanciai contro la porta della cabina poppiera, che penzolava di sghimbescio dai cardini. La spinsi e le diedi delle spallate e dei calci, nel tentativo di toglierla di mezzo, gridando: «RICHARD, RICHARD, STO VENENDO AD AIUTARTI. ASPETTAMI, ASPETTAMI...».

Quella dannata porta non ne voleva sapere di muoversi. La tempestai di colpi e mi ci lanciai contro più e più volte. Alla fine qualcosa cedette e la porta cadde all'indietro, sollevando un'onda. La scavalcai a fatica, cercando Richard, pregando per lui. Non riuscivo a credere che non fosse lì dentro. Guardai in fondo alla poppa. Sollevai i cuscini ribaltati. Sollevai addirittura la porta caduta e feci scorrere una mano sotto l'acqua per escludere che fosse lì.

«Perché, perché, perché non sei sceso?» In preda a una disperazione assoluta, crollai in ginocchio e l'acqua mi avvolse fino ai fianchi. Ansimando pensai: *Santo cielo, la barca sta affondando, devo uscire di qui.*

Tirando su a fatica il mio corpo fradicio e ferito, barcollai fino alla scala del tambuccio e mi issai fuori. Lottai come un'ossessa per spostare la pesante zattera di salvataggio dal retro del pozzetto al centro della barca, dove la legai al corrimano superiore della tuga. Guidata dall'istinto afferrai il coltello per il sartiame che tenevo attaccato alla cintura, ne feci scivolare la lama sotto una cinghia che teneva chiusa la zattera e iniziai a tagliare verso l'alto. Era troppo dura e io troppo debole, così alla fine colpii le cinghie alla cieca.

Quando l'ultima si staccò, il gommone si gonfiò e si aprì di scatto. Al suo interno trovai dell'attrezzatura da pesca, bengala da sventolare in aria, un kit di pronto soccorso, mezza dozzina di lattine d'acqua e una spugna. Però mancava qualcosa. Cercai di concentrarmi... Attrezzatura da pesca, bengala, un kit di pronto soccorso, una spugna, cibo e acqua. Cibo? Non c'era cibo. C'erano delle lattine d'acqua ma mancava un apriscatole. Com'era possibile che in una zattera di salvataggio non ci fosse niente da mangiare né un modo per aprire le lattine d'acqua?

Mentre scavalcavo nuovamente il boma, sbattei lo stinco sinistro contro qualcosa. Il profondo squarcio riprese a sanguinare; lo ignorai, non era nulla rispetto a...

Scesi sottocoperta a prendere del cibo. Dopo essere avanzata in quella specie di fiume, allontanando a calci qualunque cosa mi trovassi di fronte, raccolsi un borsone da viaggio. Afferrai biscotti, scatolette di fagioli, tonno e pesche e gettai tutto nel borsone. Presi il ricevitore mondiale multibanda portatile e un apriscatole e misi dentro anche quelli. Spinsi una coperta e un cuscino dalla scala del tambuccio fino al pozzetto.

Acqua. Mi serve altra acqua.

Mi guardai intorno e vidi la sacca della doccia a energia solare appesa a una scansia. Conteneva quasi dieci litri d'acqua. «Richard avrà sete quando lo troverò» dissi ad alta voce. Dopo aver afferrato la sacca, la portai in cucina e iniziai a riempirla, utilizzando l'impianto di pressurizzazione dell'acqua potabile. Man mano che la sacca si riempiva, il flusso d'acqua iniziò a calare. Divenne uno schizzo e poi uno sputo. «Oddio, non ho acqua!»

Un attimo: nel barattolo del filtro dell'acqua ne devono essere rimasti più di tre litri.

Chiusi il tappo e, faticosamente, portai fuori dalla scala di boccaporto la pesante sacca. Dopo essere tornata in cabina, presi il borsone da viaggio ora pieno e mi sforzai di portarlo di sopra. Pesava una tonnellata e mi privò di ogni grammo di forza residua.

Caricai sulla zattera il borsone, poi la coperta e il cuscino. Stavo per afferrare la sacca della doccia, quando un'onda morta investì una fiancata dell'*Hazana*, facendolo dondolare. Tutto quello che si trovava sulla zattera cadde in mare.

«LA RADIO NO!» gridai, osservando il borsone affondare e la coperta e il cuscino allontanarsi sulla superficie dell'acqua.

Una scena intollerabile. Persi completamente la testa e mi misi a pestare i piedi sul pavimento e a prendere a calci la zattera. «È STATO STUPIDO, STUPIDO. SONO DAVVERO STUPIDA. RICHARD, DOVE SEI? VIENI A PRENDERMI. MI SENTI? VIENI A PRENDERMI! SANTO CIELO, DEVI AIUTARMI!»

Gemendo per la frustrazione, afferrai la sacca della doccia e strisciai dentro la zattera di salvataggio, tremando per la paura e il senso di impotenza, farfugliando: «Non ce la faccio, Richard, non ce la faccio. Perché non mi hai portata con te? Hai detto che il capitano affonda con la nave. Te lo ricordi? L'hai detto tu! Mi hai mentito. La nave non è affondata. Dove sei? Come faccio a vivere senza di te? Cosa dovrei fare? Non so cosa fare. Dio, cosa dovrei fare?».

Mai abbandonare la nave mi sussurrò Richard, con la sua voce confortante. Me lo disse più volte, in tono dolce, nella mia testa. Stringendomi la sacca dell'acqua al petto, chiusi gli occhi e singhiozzai, dicendo: «Ma tu la nave l'hai abbandonata, hai abbandonato la nave». Piansi fino a addormentarmi sulla zattera, senza preoccuparmi che la nave e io potessimo realmente affondare.

5

CORRENTI E FLUSSI

Mi svegliai singhiozzando e tremando di freddo. Tentai di aprire gli occhi cisposi. Avevo il collo e il corpo rigidi. Avrei voluto continuare a dormire o morire, per non dover affrontare quell'incubo. L'alba era striata di ciò che restava della notte nera. Ero gelata fino al midollo per via della brezza umida che continuava a lambirmi la pelle. Ero intorpidita. Lo sferragliare dell'attrezzatura rotta e lo sciabordio dell'acqua contro lo scafo ridestarono le mie paure. Riuscivo a malapena a muovermi e avevo dolori lancinanti dappertutto. Ogni fitta mi lasciava a corto di fiato. Con la gola irritata a forza di chiamare Richard a gran voce, deglutivo a fatica. Piena di rabbia e frustrazione, afferrai una lattina d'acqua dalla zattera e scesi sottocoperta. Sapendo che era troppo presto per bere la lattina, pompai qualche debole schizzo d'acqua dal lavandino su una mano e la trangugiai, per poi leccarmi il palmo destro. «Bleah! Salata.» Sputai fuori il residuo salino. Ancora assetata, aprii la lattina: al diavolo, tanto sarei morta comunque. La bevvi tutta. Mi fece girare la testa, aveva un sapore terribile. Non volevo far altro che tornare a sdraiarmi e dormire finché quell'orrore non fosse svanito.

Una volta nella cabina di poppa, tolsi di torno libri e abiti e crollai sulla cuccetta, in preda ai brividi. Mi coprii con un asciugamano e qualche maglietta e mi rannicchiai, abbracciando la chitarra rotta di Richard. Aveva un grosso buco, e la cosa lo avrebbe scocciato non poco.

Mi svegliai quando udii bussare alla porta. Stavo sognando di essere a un ballo vittoriano, con addosso uno splendido abito svolazzante, come tutte le donne presenti. Gli uomini, a loro volta, sfoggiavano completi eleganti. Una musica rinascimentale e lunghi tavoli di cibo riempivano la sala. Le luci erano gialle come i lumi delle candele, però più intense. Erano tutti felici e contenti, impegnati a ballare, a mangiare e bere. Una scena meravigliosa.

I colpi sulla porta ripresero. Gridai: «RICHARD, APRI». Mi svegliai e il mio cuore saltò un battito.

Oh, Richard, torna, ti prego, torna, Richard...

Rimasi dov'ero e ripresi a piangere.

Com'è potuto succedere? Perché? Eravamo così felici...

Richard al timone del *Mayaluga*

Iniziai a tossire e a sputare sangue. Oddio, cosa significava? Travolta dalla solitudine e dallo scoramento, finsi che Richard fosse nella cuccetta insieme a me e strinsi la chitarra con maggior forza. Chiusi gli occhi. L'ondeggiare dell'*Hazana* sui flutti mi fece ripensare alla volta in cui avevo cavalcato le mante. Ripiombando nel sonno, persi conoscenza e mi lasciai trasportare dai ricordi dei bei tempi.

Le mante. Quello sì che era stato uno spasso...

Avevamo gettato l'ancora del *Mayaluga* nella baia di Hakahetau, a Ua Pou, nelle Isole Marchesi. Un tizio del posto, un certo Luk, ci aveva invitato a fare un'immersione serale tra gli squali insieme a lui e ad alcuni suoi amici. La prospettiva non mi entusiasmava però, non volendo restare da sola, avevo deciso di andare e di rimanere a bordo della canoa a bilanciere mentre gli altri si immergevano.

Eravamo in cinque, su due canoe. I ragazzi avrebbero fatto l'immersione con maschere e boccagli, non con le bombole: non sarebbero potuti scendere a una profondità eccessiva né restare sott'acqua troppo a lungo. Vidi Luk rivolgere un cenno a Richard, e i due scesero in simultanea. D'un tratto, notai le loro torce muoversi repentinamente sotto e oltre la canoa. Dopo qualche secondo, le luci puntarono verso la superficie e Richard riaffiorò, seguito a breve distanza da Luk. Pensai che uno squalo bianco li avesse rincorsi. Nuotando verso di me, Richard gridò: «Devi provare, amore: abbiamo appena cavalcato una manta!».

Felice e al sicuro a bordo della canoa, non avevo alcuna intenzione di immergermi in quelle acque infestate dagli squali. Ma, dopo aver guardato i ragazzi divertirsi come matti per mezz'ora, cambiai idea: *Perché no?* Chiamai Richard e gli dissi che ero pronta a provare.

Mi salì lo stomaco in gola mentre scivolavo nell'acqua calda. Richard e Luk mi raggiunsero a nuoto e Luk mi fece segno di restargli vicina. Poi si immerse e io lo imitai. Sotto di noi c'era una gigantesca manta nera. Luk si aggrappò alla sua pinna, io mi aggrappai a una gamba di Luk e partimmo.

Quando non riuscii più a trattenere il respiro, mollai la presa e osservai la torcia di Luk schizzare avanti mentre la manta si allontanava con il suo carico umano. Momentaneamente sola, tenendomi a galla, puntai la mia torcia in basso, verso il fondale oceanico. Non vidi nient'altro che le mie gambe in movimento. Alzai gli occhi al cielo. Le stelle erano luminosissime. Un grido d'entusiasmo e poi una luce negli occhi destarono la mia attenzione.

«Non è stato incredibile, amore?» chiese Richard.
«Assolutamente straordinario. Rifacciamolo!»

Mi svegliai dal sogno della manta nella cabina di poppa dell'*Hazana*, madida di sudore. La cerata che indossavo mi si era appiccicata al corpo. L'aria nella cuccetta era soffocante. La condensa colava sulle pareti dello scafo. L'acqua all'interno sciaguattava in sincrono con i dondolii della barca. I colpi e i crepitii ritmici non ne volevano sapere di fermarsi. Alla fine, mi costrinsi ad alzarmi.

Raggiunsi con qualche difficoltà il quadrato; non era cambiato nulla. La confusione sembrava peggiorata. L'incubo restava. Tesa e indolenzita, uscii dalla cabina e mi riposai nel pozzetto. Il mare era simile a un lago gigantesco, con onde a malapena visibili. In un certo senso, detestavo quella fiacchezza, perché il mare avrebbe dovuto essere così, non il mostro devastante in cui si era trasformato quando Richard e io avevamo tentato di attraversarlo. *Ora il mare è contrito*, pensai, *e se ne va in giro per il mondo con la coda tra le gambe*. Lanciai uno sputo secco in acqua, poi presi il binocolo e ricominciai a cercare il mio amore. Sull'acqua non c'era nulla, a parte il riflesso dannatamente abbagliante del sole. Dopo aver posato il binocolo, caddi preda dello sconforto e mi sporsi all'indietro, lasciandomi accarezzare dal tepore del sole. Non mi meritavo un simile piacere, eppure desideravo quel tepore. Con uno sforzo erculeo mi tolsi gli abiti bagnati. Man mano che ogni indumento cadeva, il sole si faceva più caldo, sciogliendo la cripta ghiacciata in cui mi trovavo. *Com'è possibile che questa sensazione sia così piacevole quando sto così male? Non ha senso.*

Sonnecchiai finché una brezza fresca non mi svegliò. Tenni lo sguardo a lungo sul mare. L'oceano scintillante tentò di convincermi a tornare sua amica. *Ti odio*, furono le parole che mi balenarono in mente.

Mi voltai e mi guardai alle spalle, ma non vidi altro che un'ampia distesa piatta e turchese che si fondeva con uno sconfinato cielo blu cobalto. Niente nubi, niente onde mostruose, niente Richard. Solo il mare e io.

Dovevo muovermi. Non andava bene. C'era tanto da fare. Perché ero viva? Per cosa ero sopravvissuta? Per quello? Che cos'era? Un test? Un test di cosa? Resistenza? Supplizio? Ero stata avida nel desiderare tutto ciò che la vita aveva da offrire? Nel desiderare Richard? No. Si trattava di qualcos'altro. Di cosa? Non lo sapevo. Perché?

L'ansia mi fece tremare di nuovo. *Fa' un respiro profondo*, mi dissi. *Goditi il sole*. Mi sdraiai e lasciai che i raggi investissero il mio corpo nudo. Mi assopii e poi mi svegliai accaldata, coperta di sudore, con la testa che mi faceva male come se fosse stata stretta in una morsa.

Devi far uscire l'acqua dalla barca. Quel pensiero non fece irruzione nel mio cervello; vi si insinuò lentamente, in attesa di capire se lo avrei accettato. Quando lo accettai, mi alzai ed entrai sottocoperta.

Puzzava. Il bel pareo color mandarino e blu Savoia che Richard mi aveva comprato a Tahiti era aggrovigliato nell'amaca. Lo districai e me lo legai ai fianchi. Restai lì, guardandomi intorno, senza sapere cosa fare.

Devi far uscire l'acqua dalla barca, ripeté la voce nella mia testa. Obbedii. Mi avvicinai alla postazione di navigazione e attivai l'interruttore della pompa di sentina. Non accadde nulla. Mi inginocchiai e infilai una mano nell'acqua di sentina, forse per capire se qualche detrito avesse bloccato l'interruttore di livello. Presi la scossa nell'istante in cui lo toccai. «Ahi!» Ritrassi la mano. Però, se riceveva corrente... Lo toccai di nuovo, con cautela, e presi una seconda scossa.

Feci ricorso alla pompa di sentina manuale ma, con tutti i detriti presenti nell'acqua, il suo filtro andò in tilt dopo poco. Non avevo la forza necessaria per affrontare quell'impresa e rinunciai. Appoggiandomi al divano, pensai con crescente agitazione all'impresa che dovevo affrontare: far uscire tutta quell'acqua. Non sembrava che l'*Hazana* ne stesse imbarcando altra. Avrei potuto prendermela più comoda, mi dissi, affrontare le cose un po' alla volta.

D'un tratto, notai che la vetroresina del soffitto della cabina era scoperta. I fogli di compensato rivestiti di finto cuoio sistemati sul soffitto erano caduti, sparpagliandosi ovunque. Mi alzai e raggiunsi la cuccetta a prua. Frugando nello zaino trovai il rossetto, che non usavo quasi mai. Tornata nel quadrato, afferrai i fogli di rivestimento e li spinsi in coperta. Raggiunsi il pozzetto e scrissi su ogni pezzo:

AIUTO – MI TROVO A 15° N, SENZA ALBERI

Spinsi in mare i cinque fogli su cui avevo scritto, uno alla volta. Ondeggiarono, rigidi, tra le onde, allontanandosi sempre più, sospinti dalla corrente in cerca di un soccorritore. Li perdevo di vista nelle gole delle onde, per poi scorgerli di nuovo quando salivano sulle creste, la loro plastica bianca e bagnata che rifletteva la mia supplica color prugna ai cieli.

«Che senso ha? Che senso ha, dannazione?» mi chiesi.

Ma poi quella strana vocina nella mia testa, la voce che mi stava diventando amica, si intromise misteriosamente. *Non mollare, amore. Non mollare.*

Era Richard? Non sembrava la sua voce.

Devi mettere in movimento la barca, mi suggerì con dolcezza quella voce.

«Lasciami stare.»

Perché non mangi qualcosa?

«Perché non lo fai tu?»

D'accordo, lo farò.

Le mani invisibili di quella voce mi sollevarono delicatamente dalle ascelle. Scesi sottocoperta. La confusione mi diede la nausea. «Lascia perdere» dissi a voce alta, con un tono che mi parve strano. Debole ed esausta, mi appoggiai al bancone della cucina.

MANGIA! La voce mi fece sussultare. Mi guardai intorno, a disagio. Non c'era nessuno. Vidi un barattolo di burro di arachidi sul lavandino. Non avevo fame, ma lo afferrai e cercai di aprirlo. Non riuscivo a togliere il coperchio. Sapevo che quella voce mi avrebbe strepitato contro se non ci avessi messo un po' di energia in più, per cui sbattei il coperchio sul bancone. Il rumore mi echeggiò in testa e il barattolo si aprì. Trovai un cucchiaio in mezzo a quello scompiglio e lo riempii di burro d'arachidi oleoso, lasciando il barattolo aperto sul bancone.

«Avanti, cadi pure, non me ne può fregare di meno» dissi, rivolgendomi all'incolpevole recipiente. «E, comunque, perché non ti sei già rotto?» Dato che il barattolo non si mosse, rivolsi l'attenzione alla pompa di sentina manuale. Pompai faticosamente un paio di volte, poi leccai il cucchiaio. Il burro di arachidi mi si appiccicò alla lingua come una lumaca al cemento. Lo succhiai, immaginando di essere una lumaca senza chiocciola, schiacciata a morte, come l'onda che si era abbattuta sul...

Smettila!

Qualcosa grattò lo scafo con forza, facendomi schizzare in piedi dallo spavento. «SMETTILA TU!» gridai, fuori di me. «TI FACCIO VEDERE IO!» E, come un bulldozer, tornai di corsa nella cabina a poppa, dove frugai finché non trovai le grosse pinze tagliafili. Con il cucchiaio in bocca e le pinze in mano, strisciai fin dentro il pozzetto.

Una volta in coperta dovetti riposarmi; salire e scendere ripetutamente, e adesso aver trasportato le pesanti pinze, mi aveva sfinita. Mi sfilai il cucchiaio dalla bocca e lo gettai in mare, gridando: «Annega pure tu». Il grumo di burro di arachidi che mi era rimasto in bocca era grosso e compatto, né buono né cattivo. Capii, mentre lo mangiavo, che la voce avrebbe taciuto. A Richard il burro d'arachidi piaceva un sacco e io, pensandoci, gemetti. Sperai che avesse trovato anche lui qualcosa da mangiare.

Un orrendo *bang-craaac-clanc* mi fece andare di nuovo su tutte le furie. «ORA BASTA» minacciai. «FUORI DI QUI!» gridai verso la poppa della barca, facendo scattare la pinza come un'ossessa. Dovevo calmarmi ed escogitare un piano razionale per sbarazzarmi dei cavi d'acciaio e del sartiame che si trascinavano in acqua e che facevano sbattere e grattare l'albero di mezzana contro lo scafo, irritandomi non poco. Era un pericolo per l'*Hazana*: un colpo particolarmente forte avrebbe aperto un buco nella fiancata.

Andai a poppa e mi diedi da fare con l'albero di mezzana. Tentai a lungo di tranciare la sartia di acciaio inossidabile da un centimetro. Mi sentivo i muscoli deboli e sotto stress, atrofizzati. Avevo una gran voglia di mollare tutto. Ma chi avrebbe fatto quelle cose al posto mio? Girai, segai, schiacciai e strinsi con le grosse pinze tranciacavi. Lentamente, i fili d'acciaio si districarono e si staccarono. Dopo che ebbi tranciato gli ultimi, la randa di mezzana andò a fondo e l'*Hazana* riacquistò un minimo di compostezza. La mia compostezza, invece, quel poco che ne rimaneva, venne meno. Sperai con tutta me stessa di aver fatto la cosa giusta. Perché, se in seguito mi fossi improvvisamente accorta di averne bisogno, non sarei mai riuscita a riappropriarmi di quell'attrezzatura.

Hai fatto la cosa giusta. Non saresti mai riuscita a issare tutto quel peso a bordo. I colpi che assestava allo scafo erano un pericolo, mi assicurò la voce.

Restavano pur sempre il fiocco rollabile e la trinchetta, che si trascinavano nell'acqua accanto alla prua. *Vele! Se solo fossi forte a sufficienza per tirarle a bordo...* Mi avvicinai alla prua e fissai le vele nell'acqua. Impossibile salvare il fiocco: ci sarebbero voluti venti uomini per issarlo a bordo. Pertanto, tirai il perno che lo bloccava e osservai la vela staccarsi dallo strallo e farsi sempre più piccola, man mano che la corrente spingeva avanti l'*Hazana*.

Non avendo nulla da perdere, e magari qualcosa da guadagnare, cercai di issare la trinchetta a bordo. Era fradicia e le sue pieghe contenevano tonnellate d'acqua. Riuscii a sollevarla di un paio di centimetri al massimo.

«Non ce la faccio. Non ce la faccio, punto.» Senza argani e senza muscoli, rinunciai e tirai il perno pure di quella, prima di sedermi sulla tuga a piangere a dirotto mentre la trinchetta si allontanava in mare. Avevo nutrito la speranza assurda che mi aiutasse a far vela fino a terra.

All'*Hazana* piaceva non essere intralciata dal sartiame rotto e a me piaceva la brezza più intensa. Le lacrime non avrebbero risolto nulla.

Mi alzai e barcollai fino al pozzetto per scendere sottocoperta. La postazione di navigazione era un disastro, costellata di libri e cocci di vetro. Tolsi i vetri dal sedile e mi accomodai. Dopo aver preso in mano il microfono della radio VHF, chiesi aiuto: «Mayday. Mayday. Mayday. Qualcuno mi sente?». Nulla.

«Dannazione.» Nel momento in cui lo mollai, il microfono schizzò nuovamente dalla parte opposta del tavolo. Perché riappenderlo per bene? Era rotto, come qualsiasi altra cosa.

Mi portai una mano alla fronte, che era calda per la ferita aperta.

Sarà meglio che tu dia un'occhiata a quel taglio, mi sussurrò la voce.

«Non mi va» replicai, ma andai comunque a prua. La persona che vidi allo specchio non ero io, era un mostro. Vari strati di pelle si scorgevano all'interno del profondo squarcio. «Mi sta colando fuori il cervello. Bene» dissi, senza troppa convinzione.

Tirai fuori il kit del pronto soccorso dall'armadietto e lo posai sul coperchio chiuso del cassettone. Trovai al suo interno una fiala di morfina. La presi in mano e la studiai, stupita. Poi guardai il mostro dello specchio.

No, Tami. Non ci pensare nemmeno, mi disse la voce.

«Perché no?» la incalzai.

Perché se morire fosse stato il tuo destino, ora saresti morta.

«Preferirei essere morta.»

Lo so.

Uccidermi sarebbe stato contrario a qualsiasi cosa avessi imparato nella mia vita. Se Richard era annegato, significava che quello era il suo destino: stavo cominciando ad accettare che quella riflessione si insinuasse nella mia coscienza. Per lo meno, Richard era morto in modo ammirevole, facendo ciò che amava, ed esisteva la remota possibilità che fosse ancora vivo. Forse aveva urlato le parole *Dio del cielo* di fronte a una visione dell'Onnipotente tra le onde, in mare. Giusto? Magari le avevo mal interpretate. Poteva essersi trattato di soggezione, non di terrore. Di soggezione.

Riposi con attenzione la fiala nella borsa del pronto soccorso e la sistemai nell'armadietto che richiusi sbattendo lo sportello. Dopo aver aperto l'alcol disinfettante che avevo trovato, ne versai un po' su una pezzuola e me la schiacciai sulla fronte. Lanciai un grido. «DANNA-

ZIONE, DANNAZIONE, DANNAZIONE!» L'antisettico bruciava da morire. «Ti prego, Dio» supplicai, «portami a casa, portami a casa da Richard.»

A bordo c'era il necessario per le suture, ma non ebbi il coraggio di cucirmi la ferita alla testa. Invece, avvicinai i lembi di pelle tra loro finché riuscii a tollerare il dolore e misi diversi cerotti a farfalla sulla lunga ferita. Fuoriuscirono pus e sangue, una cosa disgustosa. Per riacquisire una parvenza di pulizia, tamponai delicatamente i tagli sulle braccia e sulle gambe con l'alcol. Bruciava, ma non quanto il pensiero di quello che doveva soffrire Richard.

Trovai una bandana nella cuccetta di prua e raccolsi i capelli arruffati, avvolgendomi la stoffa intorno alla testa. Mi appoggiai alla cuccetta, odiando la mia incapacità di suicidarmi. C'erano così tante cose da fare che non sapevo da dove cominciare.

Controlla la carta nautica. Prepara un piano per raggiungere un approdo.

Mi alzai controvoglia e puntai verso la postazione di navigazione. Se dovevo vivere, mi sarei data da fare. E chissà, forse alla fine Richard sarebbe stato la mia ricompensa.

Una volta alla postazione, trovai la carta nautica che avevamo utilizzato, con la nostra ultima posizione, e il giornale di bordo. Socchiusi gli occhi, sforzandomi di mettere a fuoco le ultime parole scritte da Richard: *Il dannato Raymond punta nuovamente a* OVEST. *Sempre a 140 nodi. Possiamo solo pregare.*

«Perché le nostre preghiere sono rimaste inascoltate?» piagnucolai. «Perché? Forse dovrei semplicemente gettarmi in mare e...»

Devi finire ciò che hai iniziato: preparare un piano per raggiungere un approdo.

Frugai nel cassetto della postazione, cercando una penna, e scrissi con forza sul giornale di bordo: *Investiti dall'uragano Raymond.* Dopodiché, ricominciai a singhiozzare. «Va tutto bene, va tutto bene» mi dissi infine, prendendo una salvietta che pendeva dal forno incassato nella libreria lungo la parete, sopra di me. Mi asciugai il viso. Con un respiro profondo, mi sforzai di concentrarmi e ripercorsi più volte la rotta che avevo seguito insieme a Richard dopo la partenza da Tahiti. Mettere a fuoco i pensieri fu difficilissimo.

Non potevo essere tanto lontana dal punto dell'incidente, giusto? Diedi un'occhiata all'orologio. *Vediamo, ho ripreso i sensi... quando... due, tre giorni fa? Due*, pensai. Dopo aver posato gli occhi sulla carta nautica, afferrai gli strumenti di rilevamento e iniziai a calcolare. Stabilii che Cabo San Lucas doveva trovarsi a circa milleduecento miglia a nordest e Hilo, nelle Hawaii, grosso modo a millecinquecento miglia a nordovest. Ripetei il calcolo più volte sulla carta, annotandomi a più riprese numeri e gradi.

La cosa migliore era farmi trasportare dagli alisei e dalle correnti fino alle Hawaii. La rotta doveva essere di circa trecento gradi sulla bussola. Ma Cabo era più vicino a casa.

Non ho una casa, senza Richard, riflettei.

Hai tante case. Hai quella di tua mamma e quella di tuo papà. Hai quella di tua nonna e quella di tuo nonno.

«Richard è a casa?»

Sì, Richard è a casa. Va' a casa passando per le Hawaii. È la cosa più sensata.

«Che intendi dire con "Richard è a casa"?» Silenzio. L'unico suono che avevo nel cervello era il suo stesso ronzio. «CHE INTENDI DIRE CON "RICHARD È A CASA"?» gridai.

La voce non ne voleva sapere di rispondermi.

«IN TAL CASO, VA' AL DIAVOLO, VOCE» urlai. Per farle dispetto mi avvicinai al lavandino, dove aprii il rubinetto e attesi, tra un borbottio d'aria e l'altro, che una tazza si riempisse d'acqua. Dopodiché, la bevvi avidamente, addirittura leccandone le ultime gocce.

Hai già bevuto centoventi centilitri d'acqua.

«ZITTA!» gridai, scrutando l'indicatore dell'acqua: segnalava che non ce n'era più. Piena di sensi di colpa, gettai via la tazza. Mentre mi dirigevo verso una cuccetta afferrai un sacco a pelo, la camicia a fiori di Richard e la sua chitarra; poi spinsi tutto in coperta, abbandonando quel sotterraneo malsano.

Facendo voto di non scendere più sottocoperta, mi preparai un giaciglio nel pozzetto e legai la ruota del timone per mantenere una rotta regolare. Ciò avrebbe consentito all'*Hazana* di fare più strada possibile insieme alla corrente.

Iniziai a dondolare avanti e indietro, avanti e indietro. A un certo punto, presi in mano la chitarra di Richard e mi misi a strimpellarla e a cantare.

Poi misi giù la chitarra, mi infilai nel sacco a pelo e me lo strinsi addosso.

«Buonanotte, amore» dissi al cielo stellato.

Buonanotte a te, amore, mi rispose la voce in un sussurro.

6

IMPROVVISAZIONE

Avevo la faccia in fiamme. Aprii gli occhi e restai accecata dal sole. «Oh, no, un altro giorno» gemetti.

Forza, Tami. Alzati. Mangia qualcosa. Fa' muovere la barca.

Quella voce mi spaventava e, al tempo stesso, mi era di conforto. Sembrava che sapesse sempre cosa fare o cosa dovevo fare. Anzi, erano diverse voci: a volte sembrava quella di mia madre, altre quella di mio padre o di Richard. Ma, per lo più, sembrava la mia.

Andai sottocoperta, trovai un altro cucchiaio e lo riempii di burro di arachidi perché era la cosa più semplice. Tornata al sole, restai seduta a leccare il cucchiaio e a cercare di escogitare un sistema per far muovere l'*Hazana*. Il tangone attirò la mia attenzione. Se l'avessi sistemato in posizione verticale, avrei potuto usarlo come albero. Era sempre ancorato alla coperta, a prua; se n'erano staccati quasi due metri, quando l'albero di maestra si era rotto ed era caduto.

Andai a prua e diedi una sbirciata dentro il gavone della catena dell'ancora. Era profondo quasi un metro. Tornai indietro, sganciai il tangone di quasi tre metri di lunghezza e lo piantai in quel foro.

Lo scopo di un tangone è reggere una delle vele più grandi – lo spinnaker – che una barca possa utilizzare sottovento. Il tangone si ergeva per meno di due metri. Era davvero basso; scossi la testa e dissi: «È ridicolo».

Non è ridicolo.

«Come faccio a gonfiare una vela se l'albero non raggiunge nemmeno i due metri d'altezza?»

Riempi il vano della catena in maniera da far svettare maggiormente l'albero.

«Riempilo tu.»

Certo, con piacere.

Mentre posavo il tangone sulla coperta per scendere, la strana forza che si stava facendo largo dentro di me mi spinse silenziosamente ad ancorare di nuovo l'asta, nel caso un'onda l'avesse fatta rotolare in mare. Quella voce era forse una sorta di angelo custode? Che idea assurda.

Perché è un'idea assurda?

«Non lo so...»

Nella cuccetta di prua della barca, aprii il boccaporto e trascinai i cuscini e le coperte fin sulla prua, insieme a qualsiasi altra cosa potesse riempire il gavone della catena. Dopodiché, sgusciai fuori dal tambuccio e me lo chiusi alle spalle.

Spinsi nel vano della catena tutti gli oggetti che avevo portato sulla coperta. Sganciai il tangone e poi lo piantai nel vano. L'albero svettò nella sua altezza completa di quasi tre metri, e quella vista mi trasmise la prima sensazione positiva da quando avevo ripreso i sensi. Stavo finalmente realizzando qualcosa. Prima di tornare nel pozzetto, ancorai nuovamente il tangone alla coperta.

«Sei l'ultima vela che mi resta» dissi ad alta voce alla tormentina. «Sei la vela del miracolo. Com'è possibile che tu non sia finita in mare? Le bombole di propano sono uscite dal vano e nulla di quello che c'era sul ponte ha resistito. Tu, invece, sei rimasta nel pozzetto senza che nemmeno ti avessimo ancorata. Perché Richard non lo ha fatto? Perché, invece, a essere strappata da questa barca e a perdere la vita non sei stata *tu*?»

Lasciai cadere la tormentina e mi misi le mani sullo stomaco, piegandomi in due dal dolore.

Non pensarci, Tami. Non pensarci. È finita. Adesso è finita. Andrà tutto bene. Ce la farai. Richard è in pace.

«Richard è morto. So che è morto. Non lo rivedrò mai più.»

È stata una cosa veloce. Velocissima.

Cosa ne sapeva quella stupida voce? Con rabbia, chiesi: «Più veloce di quello che succederà a me?». Senza attendere né desiderare una risposta, afferrai la vela e la trascinai a prua, legandola sotto il tangone.

Scesi nella cabina di poppa per raccogliere le pulegge per il sartiame che avevo scoperto sotto una cuccetta. Tornata a prua, mi riposai per un minuto e richiamai alla mente come funzionava un albero di maestra. C'erano lo strallo di prua e di poppa, che tenevano dritto l'albero dalla prua e dalla poppa. Poi c'erano le sartie, che andavano dalla testa dell'albero alla coperta, su entrambi i lati della barca. Tutto quel sartiame, gli stralli e le sartie avevano la funzione di tenere l'albero dritto e a piombo. «Giusto» brontolai tra me, scocciata di dovermi concentrare tanto su cose che un tempo mi risultavano naturali.

Valutai come il bordo d'attacco di una vela, in posizione normale, si connetteva a un albero. Ma il mio albero – il tangone – era basso, poco meno di tre metri. Se avessi preso il lato corto di una vela e l'avessi fissato in tensione al tangone e poi avessi collegato alla vela le altre due cime – le scotte – per poterla tirare in qualsiasi parte della barca mi servisse per raccogliere il vento, avrebbe dovuto funzionare.

Procedetti con il mio piano. Fissai una cima dalla

sommità del tangone a un anello metallico fissato alla coperta, e ne fissai una seconda a prua, ancorando il tangone a prua e a poppa. Dopodiché, legai le sartie per impedire che cadesse su un fianco.

Tirai fuori la tormentina dalla sua sacca e la srotolai. Avevo paura che il vento, malgrado fosse debole, la facesse finire in mare, per cui la bloccai e la legai in coperta mentre procedevo. Una volta stesa la vela, feci partire una cima da quello che, di norma, sarebbe stato il punto di drizza della vela – ma che ora sarebbe stato la bugna di scotta – attraverso una puleggia collegata a un winch nel pozzetto. Mi avrebbe fatto da scotta. Avrei potuto sedermi nel pozzetto a cazzare o lascare la vela, a seconda dei capricci di Madre Natura e della quantità di vento stabilita dal suo umore.

Fissai una puleggia sulla sommità del tangone, poi feci scorrere una cima attraverso quella puleggia e ne fissai un capo a quella che, in condizioni regolari, sarebbe stata la bugna e che ora, invece, era l'estremità della vela. Fissai l'altro capo della cima all'argano salpa-ancora. Improvvisai, in tal modo, una drizza che mi avrebbe consentito di issare e ammainare la vela. Utilizzai l'argano salpa-ancora come punto di forza per la mura della vela.

Passai tutto il giorno a creare il sartiame e a sistemare le cime che fungevano da stralli e sartie. Dopodiché, regolai pulegge e maniglie per trovare l'angolo giusto, quello in grado di ottenere la maggior superficie di vela possibile. Per finire, issai la vela sul tangone e fissai la drizza. Tornai nel pozzetto e sistemai la scotta. La vela impiegò parecchio tempo a gonfiarsi, ma lo fece. Disponeva di una superficie velica di appena quattro metri quadrati, ma erano pur sempre quattro metri quadrati in più rispetto a due giorni prima. Finalmente, avvertii qualcosa di diverso dal dolore. Avvertii la speranza. «Si vola, *Hazana*. A due nodi, scommetto. Così si fa, ragazza.»

Ottimo lavoro, Tami.

«Grazie. Grazie, grazie, grazie» dissi al grande vuoto. Quando la voce non mi rispose, il mio entusiasmo si spense. Avevo bisogno di quella voce; stava diventando la Voce, l'unica cosa con cui potessi comunicare. Era più che parlare con me stessa, era una presenza fuori di me e, allo stesso tempo, dentro di me. Avevo bisogno dell'approvazione della Voce.

Per quanto l'andatura fosse di uno o due nodi all'ora soltanto, era elettrizzante. Per lo meno, ora che avevo un minimo di controllo della direzione, stavo facendo progressi. Inoltre, sapevo che, se non fossi tornata a casa, mia mamma non avrebbe mai e poi mai smesso di cercarmi. Ero tutto ciò che le rimaneva, dato che lei e mio padre avevano divorziato quando io ero poco più di una bambina. Si era sentita altrettanto afflitta, quando mio padre se n'era andato? Impossibile: il divorzio era stato una scelta condivisa. A me non era stata offerta una scelta. Nessuno mi aveva chiesto se Richard se ne poteva andare: lui se n'era andato e basta, era sparito. Avrebbe potuto tranquillamente essere un divorzio. Solo che lui non voleva lasciarmi. Mi amava e io amavo lui. «Oh, Dio, quanto lo amavo. Non ce la faccio.»

Puoi fare qualsiasi cosa tu ti metta in testa di fare, mi incoraggiò la Voce.

Sembrava proprio mia mamma. Anche lei aveva detto che ero in grado di fare qualsiasi cosa. Qualsiasi cosa avessi avuto il fegato di tentare. *Che te ne pare, mamma? Avresti mai pensato che avrei avuto il fegato per cercare di sopravvivere da sola in mezzo al nulla?*

Senza ottenere risposta dal vento, sospirai profondamente e tirai la scotta, mettendo in tensione la vela che avevo appena creato. Guardai la bussola e girai leggermente la ruota del timone sulla rotta dei trecento gradi che speravo mi avrebbe fatta approdare alle Hawaii. Dopodiché chinai il capo e piansi, perché in quell'ampio, gigantesco pianeta d'acqua non c'era nessuno, non un'anima viva tranne me.

7

TEMPO LIBERO

«Mayday. Mayday. Mayday. Parla la barca a vela *Hazana*. C'è qualcuno, dannazione?» chiesi, fissando il microfono che tenevo in mano.

Il fruscio era esasperante. Riprovai: «Mayday. Mayday. Mayday. Parla la barca a vela *Hazana*. Qualcuno mi sente? Passo».

L'antenna era stata attaccata alla sommità dell'albero di maestra. Ora che l'albero di maestra non c'era più, non c'era più nemmeno l'antenna. Vidi il cavo coassiale muoversi sopra di me nella cabina, verso il punto che era stato occupato dall'albero di maestra. Afferrai ciò che restava del cavo tranciato e lo srotolai fuori dalla scala del tambuccio, fino a raggiungere uno degli scalmotti restanti. Dopo aver staccato l'antenna corta dall'EPIRB, ne fissai il centro con del nastro adesivo all'estremità sfilacciata del cavo coassiale e poi lanciai un nuovo SOS; mi risposero, ancora, le scariche statiche. Calcolai che fossero passati quattro giorni dall'uragano, il che significava che era il 15 ottobre. Sul giornale di bordo, scrissi: *Qualcuno mi dica che è solo un brutto sogno.*

Per non perdere il senno, mi misi per un po' alla pompa di sentina manuale. A intervalli di circa sessanta minuti lanciavo un sos, ma le ore di vuoto assoluto, solitudine e paura non passavano mai e, per quanto avessi una gran voglia di dormire, non ci riuscivo. Rimasi seduta alla ruota del timone, pilotando la barca, tenendo l'*Hazana* in rotta. Pensavo senza sosta. Ai miei genitori, ai miei nonni e a mio fratello minore. Al fatto che, se avessi seguito le orme di mia madre, in quel momento avrei avuto già un figlio che frequentava la scuola e non mi sarei trovata in quell'incubo. Sarei stata al sicuro a casa mia.

Già, però non avresti incontrato Richard.

«Magari lo avrei incontrato comunque. E lui mi avrebbe amata ugualmente, anche se avessi avuto un figlio.»

Ma avresti tolto tuo figlio da scuola per viaggiare?

Avrei potuto essere la sua insegnante, in barca. O, magari, mia mamma si sarebbe occupata del bambino, così come i miei nonni si sono occupati di me.

Pensi che il bambino avrebbe patito la tua assenza?

«No, perché? Io non ho certo patito il fatto di aver vissuto con i nonni per qualche anno. Mi hanno viziata. Mi volevano bene da morire.»

Che frase strana, «Mi volevano bene da morire». Tieni a mente quanto tutti ti vogliano bene, Tami: ti vogliono bene e basta.

«Mi vogliono bene e basta. Be', di certo mi hanno tutti incoraggiata a vivere il mio sogno. Oh, se potessero vedermi in questo momento. Altro che sogno, è un dannato incubo!»

I miei pensieri, come sempre, tornarono a Richard. Avevamo fatto tanti progetti. Com'era possibile che le cose fossero finite in quel modo? Non aveva alcun senso. E la convinzione che Dio fosse *buono* e via discorrendo? Che c'era di buono in quella storia? Richard era stato buono. Io ero stata buona. Non capivo. E non avevo nessuno con cui parlare, nessuno che mi aiutasse a capire. Nessuno con cui condividere quel dolore. Non una spalla su cui piangere, solo la chitarra di Richard. La strimpellai dolcemente: per lo meno, era un suono diverso dallo sciabordio delle onde contro lo scafo e dal fruscio della vela di fortuna che avevo issato. Fissai il mare e avvertii la presenza di Richard tutt'intorno a me. Se solo fosse apparso per stringermi in un abbraccio e sistemare tutto come aveva fatto in passato!

Afferrai la camicia a fiori che adoravo vedergli addosso e me la portai al petto. Ondeggiando fino ad assopirmi, mi chiesi come facessi a sapere dov'era Richard: era nel mio cuore. Io, invece, dov'ero? Forse l'indomani, al rossore dell'alba, lo avrei scoperto. Le prime luci del giorno spesso si rivelavano una manna, un presagio di sviluppi positivi.

Il giorno seguente cominciò limpido e caldo, con l'*Hazana* che procedeva lenta come un cavallo a dondolo. Se il clima avesse retto, sarebbe stata la giornata perfetta per la navigazione astronomica. Per miracolo, il sestante non si era rotto nel capovolgimento della barca. Era rimasto nella sua scatola, caduta su uno scaffale accanto alla postazione di navigazione. È uno strumento sensibile, che aiuta il marinaio a determinare una posizione, misurando l'altezza di un oggetto al di sopra del livello del mare. I miei due riferimenti erano la linea dell'orizzonte e il sole. Osservando il sole con il cannocchiale e aggiustando il braccio, l'alidada, lo si scorge attraverso una serie di specchi. Quando l'alidada è regolata in maniera corretta, il sole sembra allineato all'orizzonte. Bisogna prendere immediatamente nota dell'orario e dei gradi corrispondenti sull'indice graduato dell'alidada. A quel punto, il marinaio cerca i dati sulle tavole delle effemeridi per stabilire la propria posizione.

È importante però disporre dell'ora esatta in cui si osserva la posizione del sole. Il mio cronografo si era guastato durante la scuffia e non avevo la minima idea di cosa fosse accaduto al mio orologio da polso. Restava solo l'orologio nella cabina principale, fissato alla paratia, ad aiutarmi a cogliere il momento in cui il margine inferiore del sole avrebbe sfiorato l'orizzonte. Però era troppo distante per dirmi l'ora esatta: sarei stata in grado di stabilire soltanto la mia posizione latitudinale nel Pacifico, ma comunque avrei avuto un obiettivo. Sarebbe stato al tempo stesso eccitante e inquietante. Cosa sarebbe successo, infatti, se avessi scoperto di essere fuori rotta e a buon punto verso la Cina?

Il compito di misurare l'altezza del sole si preannunciava complicato. Il boma rotto che bloccava la scala del tambuccio avrebbe sottratto diversi secondi alla ricerca dell'ora esatta. Avrei dovuto sbirciare dal cannocchiale, posare con grande cura il fragile sestante e poi chinarmi oltre il boma, dentro la scala del tambuccio, per riuscire a scorgere l'orologio sulla paratia e annotare l'ora nel modo più preciso possibile. Mi sedetti nel pozzetto caldo, ricordando i fondamenti della navigazione astronomica, e attesi con impazienza che si facesse mezzogiorno.

Quando avevo studiato la navigazione astronomica, alcune informazioni si erano sedimentate dentro di me. Sapevo che la possibilità di cogliere il sole nell'istante in cui avesse raggiunto il punto più alto nel cielo non era importante, perché resta sullo zenit per circa due minuti. Prevedere questi due minuti è alquanto semplice, consultando le tabelle di navigazione e calcolando matematicamente l'ora dello zenit. Con l'osservazione di mezzogiorno avrei potuto tentare di individuare dove mi trovavo, o per lo meno di conoscere la mia latitudine. Il mio piano approssimativo consisteva nel raggiungere il 19° parallelo Nord, virare a sinistra e, con un po' di fortuna, raggiungere le Hawaii. L'isola maggiore dell'arcipelago si estende tra i paralleli 19° N e 20° N, e pensavo che puntare a nord mentre mi dirigevo a ovest mi avrebbe condotta verso il centro dell'isola, nel punto in cui si trova Hilo. Con l'approssimarsi di mezzogiorno, l'agitazione iniziò a farsi sentire. Mi sedetti a cavalcioni del boma, fissando l'orologio sottocoperta, in attesa che la lancetta dei secondi toccasse il numero 12. Nel momento in cui lo fece, individuai il sole con il sestante ed effettuai la mia prima misurazione. Posai con grande attenzione lo strumento nella custodia imbottita e restai aggrappata al boma, appesa a testa in giù per scorgere l'orologio. Le 12.01.

Dopo essere scesa dal boma, ripetei: «12.01, 12.01», mentre raggiungevo la postazione di navigazione sottocoperta. Aprii il *1983 Nautical Almanac*, il libro che mi avrebbe fornito tutte le informazioni necessarie per stabilire la mia posizione, ed effettuai i miei calcoli in modo metodico. Era il 16 ottobre, il quinto giorno dalla scuffia. Grazie al sestante, calcolai che la mia posizione latitudinale era 18° N. Una notizia straordinaria. Ben più a nord di quanto avessi pensato. Diedi un'occhiata all'orologio. La lancetta dei secondi non mostrava alcuna anomalia, solo gli scatti regolari – mille e uno, mille e due – ma ero rosa dai dubbi. E se l'orologio si era fermato per un po' e poi aveva ripreso a funzionare? Come potevo sapere con certezza che la mia posizione latitudinale era 18° N?

«Se l'orologio si sbaglia, rovinerà tutto. Se sono troppo a sud, rischio di mancare le Hawaii e di finire in Cina o in qualche altro porto dell'Estremo Oriente» dissi ad alta voce. «Lasciamo perdere. Mi affiderò solo alle rilevazioni del sole e farò rotta verso i 19° N e poi virerò a sinistra, sperando di non lasciarmi sfuggire l'isola di Hawaii.»

Angosciata, presi in mano il microfono e lanciai un altro sos. Nulla. Diedi un'occhiata al lavandino della cucina di bordo: morivo di sete e avevo disperatamente voglia di bere un sorso d'acqua, ma sapevo di doverla razionare. Era troppo presto per berne altra. Eppure, prima di riuscire a fermarmi, afferrai una tazza, la riempii con l'acqua della pompa manuale e la vuotai d'un fiato.

Stai rubando a te stessa, ragazza mia.

In preda ai sensi di colpa, gridai: «NON MI IMPORTA. DOVEVO BERNE UN SORSO». Dopo aver gettato la tazza nel lavandino fuggii all'esterno, nell'aria fresca, lontano da quella voce irritante.

Accomodandomi alla ruota del timone, con la barca che dondolava come un giocattolo in una vasca da bagno, senza che all'orizzonte si scorgesse nulla, mi abbandonai alle fantasticherie. Mi venne in mente che a me e Richard era sempre piaciuta l'idea di essere l'unica barca all'interno di una baia. Come quando eravamo andati a Fatu Hiva, nelle Isole Marchesi.

Sulle acque del Pacifico meridionale a bordo del *Mayaluga*

A Fatu Hiva ci sono solo due villaggi indicati sulle mappe. Molti marinai entrano ad Hanavave, la Baia delle Vergini, perché lì l'approdo è più sicuro.

Richard e io, invece, andammo a Omoa Bay per restare lontani dalle rotte battute e per assaporare la cultura incontaminata della Polinesia. Man mano che ci avvicinavamo, enormi pinnacoli di roccia si stagliavano nel cielo come sentinelle di guardia al villaggio. Non avevamo ancora gettato l'ancora e ammainato le vele quando una canoa a bilanciere carica di frutta fresca ci affiancò.

«*Bonjour. Ça va?*»

«*Pas mal. Et toi?*» rispose allegramente Richard.

«*Ça va, ça va! Je m'appelle Jon. Et toi?*»

«*Moi c'est Richard et ça c'est mon amie, Tami.*»

Mentre portavano avanti la conversazione in un francese di cui capivo soltanto qualche parola, osservai Jon e i suoi modi miti. Era snello, di statura media, con addominali scolpiti. Aveva gli occhi scuri, i capelli scuri e la pelle scura degli autoctoni. Aveva un viso estremamente cordiale e un sorriso luminoso.

Jon ci donò un grosso sacco di *pamplemousse* (pompelmi), arance e papaya. Poi notò la nostra scorta ormai ridotta di banane appesa al sostegno del boma.

«Che ne pensi, Tami?» mi chiese Richard. «Ti va di andare a casa di Jon, più tardi, conoscere la sua famiglia e rifornire la nostra scorta di banane?»

«Certo.»

Richard fissò un incontro con Jon in spiaggia, nel tardo pomeriggio. Per quanto non parlassi la lingua delle Isole Marchesi e il mio francese si limitasse a quello che avevo imparato nel mio ultimo viaggio nel Pacifico meridionale, sapevo che il baratto è una cosa seria, è arte, un'arte fatta di sottigliezze. La gente del posto, di indole generosa, non si aspetta nulla in cambio di quello che ti dà. L'arte consiste nell'imparare ad avere un'indole generosa tu stesso e nel dare l'impressione di voler ricambiare l'offerta ricevuta perché donare è bellissimo, e non perché ti senti in dovere di farlo.

Ci eravamo portati qualche merce di scambio: zaini, infradito, fili di ogni colore, profumi, cappellini da baseball, pastelli a cera, album da colorare e indumenti per neonati. A bordo, avevamo dedicato un armadietto a questi prodotti. Riempimmo gli zaini di magliette, un cappellino da baseball e profumi, e raggiungemmo la riva remando. Incontrammo Jon sulla spiaggia e lo seguimmo all'interno del paesino, passando accanto a case e bungalow. Le case erano di blocchi di calcestruzzo oppure di legno, con tetti di lamiera. Di quando in quando, si vedeva un tetto di paglia. I giardinetti intorno alle abitazioni non erano particolarmente curati: la sterpaglia veniva tagliata quel tanto che bastava perché non ricoprisse gli edifici. Una giungla lussureggiante, di una bellezza indescrivibile, dominava al di là dei giardinetti. Sembrava che ognuno desse il proprio contributo all'autosufficienza del villaggio: una famiglia faceva il pane, un'altra allevava galline, un'altra ancora aveva costruito una stanza in più nella propria casa e l'aveva riempita di cibo in scatola, formaggio e cartoni di latte. Era il negozio del posto.

La veranda anteriore di Jon era dipinta di bianco e turchese, tinte che trasmettevano allegria. Di fianco alla casa scorreva un ruscello. Nel giardino cresceva una messe di banani e altri alberi da frutta. Conoscemmo Mareva, la moglie di Jon, e i loro due figli: Taupiri, un bambino di cinque anni, e Lovinea, una neonata. Mareva era alta, aveva quasi trent'anni, lunghi capelli lisci e neri e occhi neri mozzafiato: un'autentica bellezza.

La donna ci invitò a entrare in casa. Dopo aver scacciato le galline dal tavolo e aver scostato i cestini di frutti dell'albero del pane e di taro, ci sedemmo. Jon ci raggiunse mentre Mareva serviva caffè in scodelle da zuppa, con un cucchiaio. «*Taofe*» annunciò Jon, indicandole. Mise fra noi un barattolo di latte condensato zuccherato. Osservammo Jon per capire come bere la bevanda. Lui versò un'abbondante dose di latte finché il suo *taofe* assunse l'aspetto di un gelato alla vaniglia sciolto. Sembrava che gli isolani mettessero il latte condensato ovunque: sul pane, nel *taofe* e nei biberon dei loro bambini. Sfortunatamente, la passione degli indigeni per il latte dolce, oltre che per lo zucchero e la frutta, era causa di gravi carie, come dimostravano i loro bei sorrisi sdentati. Mareva servì pesce, pane e insalata: tutto delizioso.

Finimmo il pasto e seguimmo Jon al vicino ruscello per lavarci la faccia e le mani. Il vento si stava alzando; capii che Richard era preoccupato per il *Mayaluga* e decisi che era venuto il momento di tirare fuori le nostre merci di scambio. Infilai le mani nello zaino ed estrassi qualche abitino per neonati. Quando glieli consegnai, Mareva sgranò gli occhi. Li sollevò e mi rivolse un sorriso sdentato. Avevo portato anche un abito da donna, del profumo e del filo, oltre che una maglietta per suo figlio. Quando tornammo al *Mayaluga* con la barca a remi mi sentivo come un elfo di Babbo Natale.

Il mattino dopo ci svegliammo presto. Jon aveva promesso di portarci dall'uomo del *tapa*, sulle colline. Sapevamo che il *tapa* si ottiene dalla corteccia dei gelsi, degli alberi del pane e dei baniani, che viene battuta fino a ottenere tele resistenti e tessuti di ogni forma e dimensione.

Dopo una lunga scarpinata, giungemmo in una radura. Davanti a noi c'era quella che sembrava una casa sull'albero dal tetto di paglia, posata sui rami. Avvicinandoci, però, capii che un lato del pavimento poggiava su bassi pilastri piantati nel fianco della collina e che l'altra estremità era fissata a palme di cocco da assi di legno. Le pareti della casa erano fatte di fronde di palma e il tetto di lamiera ondulata arrugginita.

Sotto la casa sull'albero, all'interno di una radura piatta, tre donne sedute stavano battendo delle cortecce con bastoni simili a corte mazze da baseball contro il tronco di una palma caduta. Colte di sorpresa, interruppero quell'attività, sfoggiando sorrisi timidi. Jon si avvicinò e parlò con loro nella lingua delle Isole Marchesi. Nel corso della conversazione, si voltò e ci indicò. Noi annuimmo e sorridemmo. La donna più vecchia fece un cenno verso la capanna di paglia e annuì, poi Jon ci invitò a seguirlo lungo il sentiero.

La porta di ingresso era quadrata e alta poco più di un metro: fummo costretti a piegarci per entrare. L'interno della capanna era fiocamente illuminato, malgrado ci fossero due grandi finestre aperte. Un vecchio dai pantaloncini laceri era seduto, con le spalle curve, e stava dipingendo un *tapa* steso su un grosso tavolo nell'angolo della capanna da sei metri per sei.

Jon disse: «*Ia orana*», buongiorno, e il vecchio sollevò lo sguardo.

«*Maeva*», benvenuto, disse il vecchio alzandosi e andando incontro a Jon per baciarlo sulle guance.

Jon ci presentò a Henry, che baciò anche noi.

Henry tornò a sedersi, le spalle curve e gli occhi parlavano della vita faticosa che aveva condotto. Ci fece segno di avvicinarci al suo tavolo da lavoro, su cui giaceva un *tapa* da sessanta centimetri per centoventi. Notai che era più grezzo e più spesso rispetto a quello cedevole prodotto dai samoani e dai tongani, che se ne servono per creare il loro abbigliamento. Henry ci aveva dipinto simboli e figure con un inchiostro ottenuto dalle radici che crescevano sull'isola. Le immagini sui *tapas* rappresentano una dichiarazione o raccontano una storia.

Il vecchio tirò fuori da un antico baule molti *tapa* diversi tra cui scegliere. Noi ne individuammo cinque che ci piacevano. Estraemmo dagli zaini gli oggetti da scambiare. Lui si sarebbe accontentato di uno zaino e un paio di infradito. Alla fine, lo convincemmo anche ad accettare un po' di soldi.

Ci accomiatammo da Henry e ripercorremmo il sentiero fino al punto in cui le donne battevano metodicamente la corteccia per ottenere il tessuto. La più anziana di loro era la moglie di Henry, ci disse Jon, e le due ragazze erano le sue figlie. Le giovani continuavano a fissarmi e a ridacchiare. Rivolsi loro un sorriso e chiesi a Richard perché, secondo lui, stavano ridendo: per qualcosa che avevo fatto, forse? Richard lo chiese a Jon e poi mi spiegò che la ragazza più giovane avrebbe voluto toccarmi i capelli.

«Davvero?» dissi, sorpresa. «Certo.» Le feci cenno di avvicinarsi.

La ragazza sembrava avere più o meno sedici anni ed era talmente timida da non riuscire quasi a guardarmi negli occhi. Protesi la testa verso di lei per facilitarle il compito, di modo che potesse strofinare i miei lunghi capelli biondi tra le dita. Lanciò un'occhiata alla sorella, sorridendo, e feci un cenno anche a lei.

Lei ci raggiunse subito, mi accarezzò con delicatezza i capelli e ridacchiò ancora.

Jon disse a Richard, in francese: «*La belle*».

«Sì, bella» ripeté Richard, guardandomi negli occhi, pieno d'orgoglio.

Sorrisi prima a lui e poi alle ragazze, pensando a quanto dovesse essere strano per le giovani delle Marchesi vedere una donna bionda. Anche i loro folti capelli neri erano lunghi fino alla vita, ma erano legati e ben più lucidi dei miei.

Infilai una mano nello zaino e tirai fuori dei rossetti e dei profumi.

«*Un pour vous et un pour vous*» dissi alle ragazze. Prima di accettare i doni, implorarono con lo sguardo la madre, che diede il suo assenso con un cenno.

«*Merci, madame*» mi dissero sommessamente, passando al francese.

«*Il n'y a pas de quoi*» risposi, soddisfatta del mio vocabolario in crescita. Poi sorrisi e le fissai: com'erano esotiche ai miei occhi, in quell'ambiente tropicale remoto! Era una scena davvero pacifica e serena.

Il mio sguardo si spostò dal mare al ponte in rovina dell'*Hazana*. Come sarebbe stato bello avere un'amica con cui parlare. Chiunque. Richard. Il quinto giorno si era fatto torrido, senza un filo di vento. L'*Hazana* annaspava e io con esso.

«Voce, ci sei?» tentai.

Silenzio.

«Mi dispiace di aver rubato l'acqua.»

La prossima volta, pensaci meglio.

«D'accordo.»

Il mattino seguente, annoiata, scesi sottocoperta per fare un po' d'ordine. Era come se la depressione fosse intrappolata dentro di me. Afferrai la penna e scrissi sul giornale di bordo: *Sono davvero, davvero sconvolta.* Chiusi gli occhi e sentii che il mio cuore iniziava a battere sempre più velocemente. *Forse mi verrà un infarto e stramazzerò a terra, morta*, pensai.

Distraiti, mi consigliò la Voce. *Volevi fare un po' d'ordine, ricordi?*

Mi guardai intorno nella cabina, senza sapere da dove cominciare. Gli interni erano stati davvero eleganti, con una magnifica tappezzeria, il rivestimento immacolato del soffitto e le parti in legno lucidate. Mi diressi con cautela alla cuccetta di prua, pensando che avrei dovuto iniziare da lì e procedere verso poppa. Era incredibile quante cose, in precedenza nella cabina principale e nella cucina di bordo, si erano ammassate nella cuccetta di testa. Sapevo che ci eravamo rovesciati ma, con tutti i danni subiti e dal modo in cui quegli oggetti si erano sparpagliati nella cabina, capii che avevamo fatto una specie di capriola, come un ginnasta che esegua allegramente un salto mortale appoggiando le mani su un materassino.

Mi imbattei in un remo. Forse avrei potuto usarlo per far segno a una barca di fermarsi, ma sarebbe stato visibile in quel mare incolore? Mi guardai ancora intorno e mi venne in mente che Richard aveva una maglietta rossa con la scritta BAY SCUBA – IL NOSTRO LAVORO È SCENDERE. La legai intorno alla pala del remo. Era del colore dell'amore, del colore del sangue.

Del colore del soccorso, si fece sentire la Voce.

Lanciai verso l'alto il remo, che finì nel pozzetto.

Sforzandomi di continuare a pulire, asciugai il sudiciume che si era accumulato nella sentina. Riempii un secchio di acqua di mare e trovai una spugna. Mentre la passavo sotto un'asse intorno a un piolo di sostegno del pavimento, qualcosa grattò contro lo scafo ruvido in vetroresina. Raccolsi l'oggetto con la grande spugna e lo tirai fuori. Santo cielo, era il mio orologio da polso. Come diavolo era finito lì sotto? Era un dono del cielo. Infilai l'orologio nel secchio d'acqua e, con l'indice e la spugna, tolsi tutto lo sporco che lo ricopriva. Lo fissai, osservando lo scorrere dei secondi. Le 9.33, lessi sul quadrante. Diedi un'occhiata all'orologio sulla paratia, notando che indicava le 9.35. Profondamente rincuorata, esclamai: «Posso stabilire la mia posizione con precisione, ora che riesco a incrociare la rilevazione mattutina con quella pomeridiana». Lasciai cadere la spugna nel secchio, raggiunsi la postazione di navigazione e afferrai una matita e un foglio di carta. Estrassi il sestante dalla scatola. Insieme all'orologio, era il mio viatico di salvezza per raggiungere la terraferma. Li portai con cura in coperta.

Dopo essermi messa a cavalcioni del boma, individuai il sole con il sestante. Allentai lentamente il serraggio dell'alidada, abbassando così l'immagine riflessa del sole nella lente fin giù sull'orizzonte. Schiacciai il tasto del cronometro sul mio orologio, dopodiché feci oscillare il sestante da un lato all'altro, quanto bastava per far sì che la parte inferiore del sole sfiorasse la linea dell'orizzonte. A quel punto feci una rilevazione, bloccando il cronometro. L'ora registrata era le 9, 54 minuti e 27 secondi. Guardai dove puntava la freccia sull'arco del sestante e annotai i gradi. Ripetei quindi l'intera procedura, facendo in totale tre rilevazioni, che mi avrebbero consentito di scegliere il dato che ritenevo indicasse con maggior precisione il momento in cui il sole aveva lambito l'orizzonte.

Portai sottocoperta l'orologio, il sestante e il foglio e calcolai la mia LOP – linea di posizione – grazie al *1983 Nautical Almanac* e alle tabelle di riduzione dell'osservazione. Una volta completati i calcoli, tracciai la LOP sulla carta nautica. «Bene» mi dissi. «Mi trovo in un punto imprecisato di questa linea.»

A ridosso di mezzogiorno, ripetei con entusiasmo l'intera operazione. Quell'osservazione sarebbe stata *il punto nave*, quella che mi avrebbe detto esattamente dov'ero.

Mi ritrovai alla longitudine 134° O e alla latitudine 18° N. Era una buona notizia. Non avrei più dovuto fare congetture sulla mia posizione ed ero più vicina alle Hawaii di quanto pensassi.

Non vedevo l'ora che giungesse un nuovo giorno, in maniera da poter eseguire altre rilevazioni e vedere quanta strada avevo coperto nel corso della notte.

Dato che il mare era calmo, non c'era bisogno di me alla ruota del timone. Per tenere Richard lontano dai miei pensieri, scesi sottocoperta e ripresi a pulire. Con mia grande gioia trovai la vela di mezzana, che nella brezza leggera sarebbe stata molto più efficiente della tormentina che avevo issato. Speravo che si adattasse meglio all'albero di fortuna.

Fu complicato spingere il peso morto della vela di mezzana fuori dal boccaporto prodiero e trascinarlo fino alla coperta a prua. Ero scesa sottocoperta a prendere altre cime, quando, d'un tratto, la barca si ingavonò. *Oh, no!* pensai, salendo in fretta in coperta e trovando la vela di mezzana in mare, dove stava affondando lentamente.

«NO, NO, NO. DANNAZIONE. QUANDO IMPARERÒ?» imprecai. Dopodiché mi sedetti e mi misi a piangere.

Devi smetterla di piangere, Tami.

«Sta' zitta.»

Hai bisogno di quell'acqua; ti stai disidratando.

«STA' ZITTA E BASTA. LE LACRIME SONO MIE E, SE MI VA, PIANGO!» gridai, per poi scoppiare in una risata sciocca, ricordando che quelle parole erano i versi di una canzone che parlava di una festa.[1] E io stavo proprio partecipando a una festa, come no.

Tuttavia sapevo che la Voce non aveva torto. Mi restava pochissima acqua e piangere non mi avrebbe aiutata.

«Potrei bere dell'acqua salata» sfidai la Voce.

Ti farà impazzire.

«Sono già impazzita.»

Forse, però non sei stupida.

«Ho appena lasciato che la vela finisse in mare, ed è stata una cosa davvero stupida.»

Be', scommetto che non si ripeterà.

«Hai ragione, perché non ho un'altra vela.»

Forse dovresti essere felice di avere la tormentina e di poter effettuare la prima osservazione del giorno.

Ammettendo che aveva ragione, mi asciugai le lacrime dal viso con le dita e leccai le goccioline. Con un respiro profondo fissai la tormentina, che si era afflosciata sul palo dritto. Che senso aveva? Forse avrei fatto meglio a lasciarmi cadere in acqua come era successo alla vela di mezzana e farla finita. Ma avevo una gran voglia di effettuare la prima osservazione del sole della giornata.

---

[1] Presumibilmente si tratta di una citazione della canzone *It's My Party* di Lesley Gore, numero uno nelle classifiche americane nel 1963. (*N.d.T.*)

Guardai l'orologio da polso: erano quasi le 9.00. Scesi sottocoperta e presi matita, carta e sestante.

La mia prima osservazione era promettente.

Ma l'osservazione di mezzogiorno mi confuse. Calcolai 132° O e 18° e 11" N. Avevo perso due gradi di longitudine! Il che significava... quanto, centoventi miglia? Era come se, nel corso della nottata, fossi tornata indietro. Cos'era successo? Non ero a ovest come avevo pensato. Non c'era nulla che andasse bene. Mi sedetti alla ruota del timone, arrabbiatissima. Disillusa com'ero, la mia mente e il mio corpo cedettero a ogni dolore e sofferenza.

Alle 14.00 effettuai la terza osservazione della giornata. Già, mi ero spostata di due gradi. Per alleviare il senso di frustrazione, aprii una scatoletta di pesche sciroppate e passai ore a mangiucchiare quella frutta ramata fino all'ultimo boccone liscio. Al diavolo il burro di arachidi.

8

ACQUA SOPRA, ACQUA SOTTO

Era calato il freddo. Misi dei jeans e una giacca a vento, poi tornai a sedermi alla ruota del timone, pilotando come facevo da due giorni. Dopo aver mangiato le pesche sciroppate, avevo cercato di capire perché per Richard era stato tanto importante restare in coperta e non scendere sotto insieme a me prima di capovolgerci. Se avessi saputo che sarebbe stata l'ultima volta in cui lo vedevo, l'ultimo contatto con la sua pelle, l'ultimo sorriso, l'ultimo bagliore d'amore, sarei schizzata fuori dal tambuccio per gettarmi tra le sue braccia. Lo avrei stretto come una piovra gigante e sarei scesa appassionatamente sul fondo dell'oceano insieme a lui, in un ultimo avvitamento orgasmico. Saremmo morti l'una tra le braccia dell'altro, sfidando l'amore finché la morte non ci avesse separati.

Ora era l'undicesimo giorno. Nessuna nave in vista.

Nessuna risposta ai miei SOS. Nessun miracolo. Di quando in quando, azionavo la pompa di sentina manuale e sentivo la pressione dell'acqua risucchiata quando tiravo la leva verso l'alto, acqua che poi veniva scaricata in mare quando abbassavo la leva. Immaginai il flusso di acqua sudicia esplodere nel vasto mare scintillante dal tubo che attraversava lo scafo. Quella miscela di molecole e particelle di dolore, sangue, cibo e detriti era finalmente libera di disperdersi nell'oceano Pacifico, ormai calmo. Come avrei potuto farmi risucchiare dal tubo e guadagnare la libertà?

Finché le nubi non furono sopra di me, non mi passò minimamente per la testa il proverbio da lupo di mare: *Rosso di mattina, maltempo si avvicina*. Rosso di mattina...

Quando la prima folata di vento mi schiaffeggiò una guancia e le nubi nere e minacciose mi sputarono della pioggia in faccia, iniziai a tremare in modo incontrollabile. Stava per scatenarsi una tempesta. Fui percorsa da una scarica di adrenalina, sprizzavo paura da ogni poro e reagii mossa dalla disperazione. Mi sistemai nuovamente l'EPIRB in vita, scordando che era guasto, e mi agganciai l'imbragatura di sicurezza, fissando la cavezza alla chiesuola. Esaminai il D-ring. Si sarebbe potuto staccare in modo anomalo, come era successo a quello di Richard? In preda al panico mi chiesi cosa fare, ma sapevo che non c'era nulla da fare.

Lascai la scotta della vela di fortuna e pensai di ammainarla; con quel vento, però, avrei potuto guadagnare un po' di terreno e ogni centimetro contava. Speravo solo che l'albero di fortuna tenesse nel momento in cui si fosse messo a piovere a dirotto. Mi sembrava che gli spruzzi e la pioggia mi stessero sommergendo, eppure l'*Hazana* procedeva spedito, con il vento al giardinetto di dritta. Era l'inizio di un altro uragano? Senza una radio, non sapevo cosa aspettarmi. La paura crebbe dentro di me man mano che i marosi si alzavano.

«È IL CASO DI SCENDERE SOTTOCOPERTA? È IL CASO DI SCENDERE SOTTOCOPERTA?» gridai, rivolgendomi alla Voce.

Non perdere terreno. Tieni duro. Lotta per sopravvivere, mi ordinò.

Feci un salto e urlai alle nuvole: «NON VI TEMO. NON SIETE NULLA RISPETTO ALL'URAGANO RAYMOND. NULLA. SIETE UN SEMPLICE TEMPORALE. VENITE. VENITE, VE LA FACCIO VEDERE IO. SONO VIVA. VIVA E SOLA, IN MEZZO A DIO SOLO SA DOVE, PER CUI FORZA, VENITE A PRENDERMI. VI SFIDO A FARLO! VENITE A PRENDERMI! FORZA! PORTATEMI DA RICHARD. VOGLIO RICHARD. RICHARD. VOGLIO RICH...».

Stramazzai nel pozzetto, stringendomi le braccia intorno alla testa per proteggermi dalla valanga di pioggia e di schizzi di acqua salata. Piansi e, alla fine, implorai.

«Vi prego. Portatemi da Richard. Mi manca tanto. Non ce la faccio più.»

La pioggia battente sulla mia schiena spinse i sensi di colpa ancora più in profondità nella mia anima. Non avrei dovuto lasciare Richard da solo in coperta. Sarei dovuta restare con lui e affondare nell'oblio. Lui aveva bisogno di me e io lo avevo abbandonato...

Non l'hai abbandonato, hai contribuito a renderlo un eroe.

«Mi manca il mio eroe...»

Mentre la spossatezza spegneva i miei sensi di colpa, mi resi conto che avrei dovuto raccogliere dell'acqua dolce, ma non ero in grado di muovermi. Protesi la testa all'indietro e spalancai la bocca. Il liquido che riuscii a mandare giù era salato. Forse stavo leccando le lacrime di Madre Natura.

Il temporale si disperse alla stessa velocità con cui si era abbattuto. Mi sentivo esausta e, al contempo, in qualche modo purificata. Non mi ero resa conto di quante cose mi stessi tenendo dentro. La tempesta aveva innescato un'esplosione nella voragine del mio cuore, un cuore che apparteneva a Richard. Non avevo il minimo controllo su quella reazione. Mi spaventai.

La situazione sarebbe migliorata, mi dissi, non appena avessi raggiunto la latitudine 19° N e fossi riuscita a prendere il largo a sinistra – babordo – e a intercettare gli alisei delle Hawaii. Rimasi seduta alla ruota del timone fino a tarda notte, sollevata all'idea di fare progressi verso la mia destinazione.

Il giorno seguente mi svegliai con energie nuove. Forse mi ero semplicemente stancata di piangermi addosso. Decisi di controllare il serbatoio d'acqua dolce montato sotto il pagliolato della cabina che si connetteva con il lavandino. Se fossi riuscita a raggiungere una botola di ispezione svitabile, l'avrei potuta aprire per vedere se c'era ancora dell'acqua. Doveva essercene. La prima botola di ispezione che trovai era bloccata dai sostegni del pagliolato. Frugai tra i vari attrezzi finché non trovai un martello e uno scalpello, ma la prospettiva di farmi strada nell'intelaiatura di sostegno del pagliolato era sconfortante. Forse esisteva un altro sistema. Afferrai una torcia elettrica e mi misi a cercare un'altra botola da ispezione sulla sommità del serbatoio.

Buona parte del serbatoio era situata sotto il tavolo e il divano del quadrato, il che rendeva arduo vedere qualcosa, figurarsi toccarlo. Orientando il fascio di luce sul serbatoio in vetroresina, trovai un'altra botola da ispezione, ma anche in quel caso era pressoché impossibile arrivarci senza distruggere il pagliolato. Scrutando ulteriormente il serbatoio scorsi un cavo staccato, con un connettore che penzolava. Spostai la luce e vidi il raccordo sul serbatoio. Eccitata, protesi di nuovo il braccio in quello spazio angusto, afferrai il cavo staccato e lo riportai nella posizione che mi avrebbe consentito di collegare connettore e raccordo. Dopo essermi alzata raggiunsi il cucinino e provai il rubinetto pressurizzato del lavandino: nient'altro che crepitii e balbettii. Feci per tornare al serbatoio, ma notai che la lancetta dell'acqua sulla paratia della cucina indicava un quarto. A quanto pareva, il raccordo che avevo appena ricollegato era l'indicatore che misurava il livello dell'acqua nel serbatoio. Avevo un quarto di serbatoio pieno d'acqua! Felicissima, lasciai che il rubinetto schizzasse qualche spruzzo e sputasse aria, poi riempii fino all'orlo una tazza di plastica della bevanda più deliziosa che avessi bevuto in vita mia: acqua dolce, fresca e limpida. Riempii ancora la tazza. Grazie, Signore, grazie. *Mauruuru*.

Rinfrancata, salii in coperta e mi misi a ballare come Rocky, condividendo con l'universo la mia scoperta salvavita: «ACQUA, ACQUA OVUNQUE, ED È STATA NASCOSTA PER TUTTO IL TEMPO; ACQUA, ACQUA OVUNQUE, ORA NE POSSO BERE IN ABBONDANZA!». Festeggiando ancora un po', gridai: «ORA NON POTRETE UCCIDERMI. VIVRÒ, VIVRÒ,

VIVRÒ. HO L'ACQUA!». Al che, feci ogni passo di danza che avessi mai imparato (il watusi, il jerk, lo swim), terminando con un movimento molto sexy.

Ridendo come una pazza, mi aggrappai al boma. Per me, trovare dell'acqua era la cosa più miracolosa del mondo. Mi rese euforica, addirittura leggermente isterica. Non avevo mai avuto tanta sete da quando mi ero resa conto di dover razionare l'acqua. Ora non sarei più stata costretta a centellinarla, anche se avrei dovuto comunque stare attenta, considerata la mia scorta limitata.

Scoprire l'acqua fu un favoloso momento di svolta. Capii che sarei sopravvissuta ma, soprattutto, sentii di voler vivere. Su di me non gravava più un fardello pesantissimo.

Quella sera ballai con Richard in coperta. Puntai lo sguardo verso una delle nostre costellazioni preferite, Cassiopea, la regina. È la grande w al centro della Via Lattea.

«Non è favolosa?» diceva sempre Richard.

«Favolosa come te» gli sussurravo in un orecchio, sapendo che avrebbe risposto: *Favolosa come te*.

«Richard...» dissi, ballando lentamente a passo di valzer sul ponte. «La w sta per *water*, acqua, amore mio. Dio e i cieli lo sapevano? È stato il fato? Perché noi non

lo sapevamo? La favolosa, favolosa acqua. Cassiopea sapeva che l'acqua ti avrebbe strappato a me? Ha dato la sua approvazione, il suo incoraggiamento? Ti desiderava? Perché non ci ha concesso un po' di tempo in più?»
Mi infilai la maglietta di Richard e mi cinsi con le braccia, ballando lentamente. Chiusi gli occhi. Non avevo più voglia di guardare Cassiopea. Ero gelosa. Forse Richard era lassù insieme a lei e la conduceva a passo di valzer lungo la sua favolosa via.

9

UNA NAVE E UN BOMA

Un altro lungo giorno. Mentre mangiucchiavo fagioli freddi in scatola, provai a leggere un thriller tascabile sgualcito che avevo trovato in un armadietto. Non riuscii a concentrarmi particolarmente a lungo sui caratteri minuti del libro; ben presto, mi si annebbiò la vista e iniziò a farmi male la testa.

Mezzo addormentata, cercando di restare in rotta in quella giornata di bonaccia, come in sogno vidi una nave, una grossa nave dalla cui ciminiera usciva una voluta di fumo e che si lasciava dietro una scia schiumosa. «UNA SCIA SPUMEGGIANTE!» Mi destai di colpo dal torpore. Una nave? «UNA NAVE!» gridai.

Tirai fuori la pistola lanciarazzi dalla borsa a tenuta stagna che tenevo nel pozzetto.

BAM! Il rumore mi fece sussultare. Il bengala schizzò in alto nel cielo, più luminoso del sole stesso.

BAM! Esplosi il secondo segnale.

Fissai la nave. Nulla. Non modificò neppure la propria rotta.

BAM! Feci partire il terzo bengala.

La nave stava diventando sempre più piccola.

Afferrai un fumogeno e lo accesi con i fiammiferi impermeabili che tenevo nella borsa dei bengala. Ero così nervosa che, quando iniziò a produrre fumo, mi sfuggì di mano e cadde nel pozzetto. Lo raccolsi per gettarlo in mare e mi scottai una mano.

«Dannazione!»

Agguantai il remo su cui era legata la maglietta rossa e corsi a prua, agitandolo come un'ossessa ogni volta che l'*Hazana* saliva sulla cresta di un'onda. Nulla: la nave non modificò di un solo misero grado la propria rotta.

Gettando il remo, corsi giù alla radio VHF.

«MAYDAY! MAYDAY! MAYDAY! MI SENTITE? PASSO» gridai nel microfono.

Nulla. Nemmeno uno stupido rutto.

«MAYDAY! MAYDAY! MAYDAY! MI SENTITE? PASSO.» Nulla.

Dopo aver mollato il microfono corsi di sopra, afferrai nuovamente il remo e lo agitai. La nave rimpiccioliva rapidamente sull'orizzonte.

Ero sotto shock. *Com'è possibile che non mi abbiano vista? Sono qui. Cosa dovrei fare? Saltare in acqua e raggiunge-*

re quella dannata nave a nuoto? Mi aggirai a passi pesanti per il ponte, prendendo a calci qualsiasi cosa mi trovassi davanti.

«Dovrebbero avere qualcuno di guardia. Che razza di nave di scemi è mai questa? IDIOTA! MERITI DI FINIRE IN UN BACINO DI CARENAGGIO» gridai verso la nave. «DEFICIENTE. SPERO CHE IL TUO EQUIPAGGIO SI AMMUTINI! AAAAAAAAA-AAAAAAAAAH!» urlai a squarciagola e poi, per la frustrazione, mi infilai una mano in bocca e la morsi. «AHI.»

Questa sì che è stata una furbata, tuonò la Voce.

«CHIUDI QUELLA BOCCA, CHIUDI QUELLA BOCCA. ODIO TE E QUESTA BARCA DEL CAZZO. ODIO TUTTO QUESTO STRAMALEDETTO, FOTTUTISSIMO UNIVERSO D'ACQUA.»

Malgrado lo sfogo, restavo colma di rabbia. Con l'adrenalina che mi scorreva nelle vene, mi misi a fare avanti e indietro sulla coperta prodiera. Presi a calci la sezione di un metro e venti di albero maestro ancora attaccata al boma. Dover costantemente strisciare sotto l'albero rotto oppure girargli intorno per raggiungere il lato sinistro e scavalcare la zattera pneumatica ancorata al ponte laterale mi stava facendo ammattire. Il basamento dell'albero maestro non era più adatto all'*Hazana*, ma sbarazzarmene avrebbe implicato l'ardua impresa di sfilare il perno che lo collegava al boma. Stazionai sul ponte di prua e mi misi a strepitare contro l'albero di maestra spezzato:

«QUANTO A TE... DETESTO PURE TE. NON RIESCO NEPPURE A RAGGIUNGERE IL BOMA, ORA CHE TI TROVI LÌ».

Individuai il martello e un cacciavite nell'intrico di arnesi della cabina di poppa. Dopo essermi seduta sulla tuga, mi misi a picchiare sul perno di acciaio inossidabile. Non si mosse di un millimetro. Sfogai tutta la mia rabbia su quel perno, fermandomi spesso per riposare. Alla fine, dopo essere passata sotto il boma, feci leva con i piedi per sollevare l'albero di quella frazione di centimetro sufficiente ad allentare la pressione sul perno. Nell'istante in cui il perno cedette, il basamento dell'albero maestro cadde dal boma come il ceppo di un albero e mi finì addosso, intrappolandomi. Supina, sul margine del ponte, ebbi il terrore di finire in mare.

La chiesuola dell'albero maestro divelta dal ponte

Quando cercai di muovermi, i margini seghettati dell'albero maestro mi si conficcarono nella pancia. Pesava una tonnellata e non sapevo cosa fare. Non potevo restare lì, dovevo liberarmi. Rimasi immobile, a corto di fiato, con lo sguardo fisso al cielo, facendo appello a ogni energia residua che avessi in corpo per togliermi di dosso quell'enorme pezzo di alluminio. Pregai: «Buon Dio, ti prego, aiutami. Mi dispiace essermela presa con te, solo che non capisco questa situazione. Cercherò di essere migliore. Io... io... toglimi questo coso di dosso: uno, due, tre!». Le mie braccia spinsero, i miei piedi fecero leva, gli addominali si contrassero e ogni muscolo del mio corpo entrò in tensione per liberarsi. Mentre il pezzo di alluminio rotolava giù dal mio corpo, mi aggrappai al trincarino – il bordo – un istante prima che lo slancio mi proiettasse in mare.

Appoggiai la schiena contro la coperta calda, ansimando. Quanto ancora sarei riuscita a sopportare? Avrei dovuto capire che il piede dell'albero mi sarebbe caduto addosso. Che mi stava succedendo? La mia sanità mentale stava imbarcando acqua.

Non appena i miei respiri si fecero meno affannati, chiusi gli occhi e rividi Richard. *Ciao, tesoro*, mi disse con la sua voce tenera.

Sollevai un braccio e gli accarezzai una guancia. Lui

mi sorrise. Gli misi una mano sulla nuca e lo tirai verso di me. Quando lo baciai, le mie labbra si posarono sulla mia mano. Aprii bruscamente gli occhi: l'incubo era tornato. Restai sdraiata dov'ero, a singhiozzare. Capiva quanto mi mancava? Non poteva semplicemente tornare da me per un minuto, un misero minuto? Non potevamo stare di nuovo seduti all'interno del *Mayaluga* a studiare le carte nautiche alla postazione di navigazione? *Oh, quanto mi piacerebbe preparargli ancora una volta una cena speciale, le enchilada di pollo che gli piacevano tanto, il chili senza carne. Voglio passare altre ore a tagliare la frutta per la sangria e la verdura per la salsa fresca. Voglio vederlo ancora gioire, mangiare come se non ci fosse un domani.*

«Sapevi, tesoro, che non ci sarebbe stato un domani?»

Sdraiata sul ponte, ero più sciocata dal ricordo di Richard che mi baciava di quanto lo fossi al pensiero di essere quasi finita in mare. Scrutai il cielo, il sole – una luna piena luminosa come una candela – e mi venne in mente che, quando ci lanciavamo dalla prua, puntavamo alla luna piena. Sospesa in aria, gridavo: «*Fly me to the moon*». Sospeso in aria, in tuffo, lui gridava: «*Fly me to the moon*».[2]

Seduti nel quadrato del *Mayaluga*, nella tenue lumine-

---

[2] Portami sulla luna. Titolo e prima frase di un grande successo di Frank Sinatra. (*N.d.T.*)

scenza della lanterna, Richard mi aveva chiesto: «Qual è il primo posto in cui dovremmo andare?».

Sulla luna, avrei dovuto rispondere, così non mi avrebbe lasciato da sola. Ma lui aveva detto che voleva andare ovunque e io avevo risposto: «E allora andremo ovunque». Tutto il coinvolgimento di cui avevo sentito parlare e di cui avevo letto in vita mia, tutte le immagini che avevo visto nei film sul *vero amore* mi erano fluttuati davanti agli occhi. Richard era *Quello Giusto*, il mio cavaliere senza macchia e senza paura, il mio principe, il mio eroe. Era sicuro di sé e forte. Era caparbio e a me la cosa piaceva, mi piaceva che sapesse ciò che voleva e che fosse pronto a tutto pur di ottenerlo. Non aveva paura della fatica, se era il mezzo per realizzare un fine. Mi piaceva che si fidasse di me e che non facesse scenate quando un uomo flirtava con me. Sapeva che ero a mio agio tra gli uomini, avendo viaggiato per mare e lavorato nei cantieri navali. Le loro imprecazioni e i loro modi bruschi non mi mettevano a disagio come succede a molte donne, e le loro richieste non mi coglievano alla sprovvista. Se qualcuno mi suggeriva di fare qualcosa che non avevo voglia di fare, mi rifiutavo, punto. Era un aspetto di me che a Richard piaceva. Apprezzava anche che fossi forte e pure capace. Se volevo, potevo essere femminile e sexy come qualsiasi altra donna, ma preferivo vivere nel momento e, se il momento richiedeva che io girassi la maniglia di un winch per orientare il fiocco, la giravo finché non grondavo sudore e non completavo l'opera. Se invece il momento si ammantava di amore, potevo adeguarmi con entusiasmo. Mi piace sapere che il rosso è la sinistra e il verde la dritta, che il rosso può significare che bisogna fermarsi e il verde che si può procedere. Mi piace essere donna e poter lavorare come un uomo, e mi piaceva amare un uomo che sapeva essere sensibile quanto una donna. Mi piaceva un sacco...

Le notti in cui Richard e io avevamo indugiato sul *Mayaluga* agli ormeggi nel porto di San Diego erano state favolose. Avevamo parlato per ore e ore di dove saremmo andati e di cosa avremmo fatto una volta arrivati. A Richard piaceva il modo in cui mi entusiasmavo descrivendo isole e atolli. Indicavo luoghi di cui avevo sentito parlare e che, in qualche modo, mi erano sfuggiti. Mi prometteva che ci saremmo andati. Descrivevo quant'era diversa dalla nostra la società lenta e calma della Polinesia francese e mi spingevo a descrivere quanto fossero diverse tra loro le varie culture delle isole e degli atolli.

Mi confessava di volerle conoscere tutte. «Non vedo l'ora di partire e di portarti di nuovo lì» mi diceva.

Dopo avergli gettato le braccia al collo e aver avvicinato la mia faccia alla sua, gli promettevo: «Con te, Richard, andrei ovunque. Ovunque».

Ed era allora che lo baciavo e iniziavo a cantare *Fly Me to the Moon*. Ridevamo senza sosta, poi ci alzavamo di scatto, ci spogliavamo e ci lanciavamo verso la luna, tuffandoci in mare dalla prua.

10

LA CASCADE

Dopo lo spavento provato rischiando di cadere dall'*Hazana*, decisi di lasciare attaccata alla poppa una cima nel caso fossi finita in mare.

Persino ora che l'*Hazana* viaggiava a una velocità di soli uno o due nodi, sentivo che forse non avrei avuto la forza di nuotare abbastanza in fretta da raggiungerla.

Se fossi davvero caduta in mare, almeno avrei potuto tentare di restare aggrappata alla cima.

Mi terrorizzava pensare che sarei potuta annegare, dopo tutti i giorni solitari e infelici in cui avevo lottato per la sopravvivenza.

Guardandomi alle spalle, vidi la corda distendersi a poppa, ma non trascinarsi sott'acqua.

A ogni buon conto, sapere che fluttuava per circa sei metri dietro l'*Hazana* mi trasmise grande sicurezza.

A quel passo di lumaca, i giorni erano quasi tutti uguali, ma ogni volta che appuntavo la LOP sulla carta nautica notavo dei progressi. Inoltre, se avessi continuato a razionarli, avrei probabilmente avuto acqua e cibo a sufficienza per sopravvivere.

Le sardine erano le mie preferite. Il contenitore piatto e ovale era così peculiare da non potersi sbagliare riguardo al suo contenuto, anche dopo che si era staccata l'etichetta. Sapevo che non avrei dovuto mangiarle – avevano un contenuto salino troppo alto, che mi avrebbe fatto venire sete dopo il piacere di ogni boccone – ma a volte non mi importava. Ne avevo una gran voglia. Tenevo duro, tenevo duro e alla fine, quando non riuscivo più a resistere, mettevo l'apriscatole sul bordo, guardavo l'olio colare e poi aprivo quella scatoletta di delizie. Ci infilavo dentro le dita, afferrando un pesciolino viscido per la coda, e poi lo mangiavo a piccoli morsi. Mi gustavo mezza confezione in un'ora, tenendo l'altra metà da parte per un secondo momento.

Restai con le mure a dritta, procedendo lentamente fino alla latitudine 19° N. Iniziavo ad aver timore di cercare la latitudine superiore perché sembrava che i venti stessero diventando imprevedibili. Tra una latitudine e l'altra ci sono sessanta miglia, il che dà ai venti sessanta miglia per calare o farsi incerti o, addirittura, trasformarsi in vera e propria bonaccia. Il vento era stato più regolare alla latitudine inferiore, quella del 18° N.

Scesi alla postazione di navigazione, afferrai un paio di guide alla navigazione che non si erano rovinate quando ci eravamo rovesciati e le portai in coperta. Volevo studiare i libri, nella speranza che potessero aiutarmi ad analizzare la situazione.

Decisi di sfruttare al massimo la corrente nordequatoriale per spingermi a ovest. La forza della corrente contro lo scafo contribuì a trascinare l'*Hazana* nell'acqua e riuscii a tenere una buona andatura, utilizzando la corrente al posto dei venti irregolari. La corrente nordequatoriale scorre tra le latitudini 10° N e 20° N. Dato che avevo ritrovato l'orologio ed ero ormai in grado di calcolare la posizione longitudinale, decisi che sarebbe stato meglio restare nella porzione inferiore del 18° parallelo finché non mi fossi avvicinata ulteriormente alle Hawaii; a quel punto mi sarei potuta spingere a nordovest, passando da una latitudine all'altra, verso la mia destinazione. Così, mi sarei pure mantenuta all'interno di una zona con più rotte commerciali, dove speravo che i miei razzi di segnalazione venissero notati.

Man mano che la sera avanzava, feci un patto con me stessa: avrei cercato di stare sveglia più a lungo nel corso della notte. Se fosse apparsa una nave, avrebbe scorto con più facilità i miei bengala al buio.

Seduta sotto un cielo stellato, riflettei su quanto fosse diverso alle latitudini settentrionali e meridionali. Mi sembrò di scorgere la Croce del Sud, ma si trattava solo di un ricordo che mi fluttuava in testa. Sarebbe stata una lunga notte e, dunque, mi sdraiai e permisi alla mia mente di galleggiare.

«Ti ricordi le nostre gare di galleggiamento, Richard? Le sfide che ci lanciavamo a vicenda? Snello com'eri, riuscivi a stare a galla con la stessa facilità di una foca.»

«Devi riuscire a galleggiare per un'ora, Tami» mi dicevi. «Per un'ora intera, tesoro.»

Pensavo che fossi pazzo. «Un'ora! Nessuno galleggia per un'ora» protestavo. Te lo ricordi? E tu dicevi: «Un marinaio può galleggiare per un'ora». E così l'ho fatto. E poi lo facevamo insieme, un'ora intera a galleggiare l'uno intorno all'altra, con le teste e i piedi che si sfioravano, nuotando a ritroso per restare insieme.

Un'ora intera, tesoro... Mi piacerebbe riavere quell'ora. Mi piacerebbe poterlo rifare. Mi piacerebbe essere insieme a te a Fatu Hiva, scarpinare su fino a La Cascade e galleggiare di nuovo.

Sapevamo che La Cascade era lontana, ma non quanto si rivelò. Camminammo per un'altra ora. Il percorso era roccioso e infido, con tornanti che salivano sul fianco della montagna, ma alla fine diventava piano e puntava a ovest, in direzione del mare. Poi si restringeva e scendeva di una sessantina di metri verso i frangenti che si abbattevano sulle rocce sottostanti. Non riuscivo a guardare in basso, mi faceva girare la testa. La stradina si era pressoché disintegrata in quel punto. Richard fu il primo a muoversi. Io rimasi dov'ero, dicendo una preghiera a bassa voce. C'era spazio solo per un piede alla volta, su quella minuscola sporgenza. Aggrappandosi agli affioramenti rocciosi con la mano sinistra, Richard posò il piede sinistro sul cornicione. Il piede scivolò, facendo cadere rocce e polvere vulcaniche nei flutti sottostanti. Trattenni il respiro. La presa salda di Richard sulla fenditura nella roccia e il suo piede destro lo tennero in equilibrio. Con il tacco della scarpa sinistra assestò qualche colpo all'angusta sporgenza, creando un punto d'appoggio più stabile. «Non c'è da preoccuparsi, tesoro» mi disse con nonchalance. Lo osservai calcolare lo slancio necessario e poi far oscillare la gamba destra fino a girare intorno alla cresta acuminata, atterrando su un terreno compatto. «Roba da niente.» Mi sorrise.

«Non ne sarei così sicura» mormorai, senza guardarlo negli occhi.

«Mentre giri, tendimi la mano e io ti afferrerò per un polso. Te lo prometto.»

«Non so...»

«Forza, tesoro. Non abbiamo fatto tutta questa strada per rinunciare proprio ora.»

«Detesto le altezze» gemetti.

«Ti arrampichi su per il pennone...»

«È una cosa diversa. Lassù sono legata con sagole di sicurezza.»

«È meno peggio di quanto sembri» mi incoraggiò.

«D'accordo, d'accordo. Però tieniti pronto.»

«Certo, te lo prometto.»

Seguii i movimenti dei suoi piedi e, mentre giravo, lui mi afferrò per un polso e mi fece atterrare. «No... non è stato co... così difficile» balbettai.

«Questa sì che è la mia ragazza» ribatté con un bel sorriso.

Procedemmo sul sentiero, che iniziava a salire, facendo una pausa ogni volta che restavamo a corto di fiato. Mi facevano male i polpacci e le cosce. Quando rivolsi lo sguardo verso La Cascade, rimasi a bocca aperta. L'enorme cascata sibilava e rombava tuffandosi nel lago, creando pozze turbinanti di azzurro opaco. Un vapore scintillante si alzava nell'aria e si appiccicava al fogliame, raccogliendo rugiada che restituiva in gocce, rinnovata, a quella piscina naturale. Pandani, mimose, gelsi da carta, piante di aito, haari e nui coperte di bromeliacee frusciavano nel vento creato dalla forza della cascata. I gelsomini rossi, i fiori della passione e gli uccelli del paradiso odorosi splendevano nella giungla e profumavano l'aria. Le foglie dei filodendri sembravano mani agitate nella brezza della poderosa cascata. Non avevo mai visto uno spettacolo altrettanto straordinario.

Nella calma dell'acqua davanti a noi, si mosse qualcosa. Si trattava forse di una corrente sottomarina? Il sole colpiva placidamente una grossa pietra piatta al centro del laghetto.

Saltammo giù da un masso e Richard mi prese per mano mentre percorrevamo il perimetro del laghetto, in direzione di una zona erbosa e piatta. Il luogo ideale per un picnic. Guardai l'acqua e vidi lo stesso movimento ondulato di poco prima. «Richard... anguille!» strillai e mi voltai giusto in tempo per vederlo fare un tuffo perfetto in quella fredda acqua blu cobalto. Il suo zaino e i suoi pantaloncini giacevano ai margini dell'acqua. La pelle luccicante delle anguille brillava alla luce del sole. La prospettiva che una di loro mi sfiorasse il corpo, mi sgusciasse intorno alle gambe, mi mordicchiasse un alluce... puah!

Richard riemerse con un forte grido in stile Tarzan,

battendosi i pugni sul petto muscoloso e abbronzato. «Vieni, tesoro, l'acqua è fantastica.»

«Richard, ci sono le anguille!»

«Cosa vuoi che sia, amore? Hanno più paura di te di quanta tu ne abbia di loro. Fidati, vieni...»

«Neanche per sogno.» Posai il mio zaino e tirai fuori una salvietta. Richard percorse a nuoto tutto il laghetto, schizzando acqua e facendo un gran casino. Io mi sedetti al sole sulla salvietta e osservai l'acqua che cadeva dal dirupo scosceso.

Ben presto, iniziai a sudare. C'era un caldo soffocante. Le anguille sembravano non infastidire Richard. «Al diavolo» mugugnai tra me. Mi slacciai il pareo e mi tuffai a bomba.

L'acqua sommerse il mio corpo bruciato dal sole: era fredda e rinfrescante, pulitissima e trasparente, non torbida come quella del mare. Riemersi e presi un respiro profondo. Fui pervasa da una sensazione di ringiovanimento. Nuotai, allungando le braccia al massimo, muovendo liberamente le gambe. Galleggiando senza una sola preoccupazione al mondo, fissai il cielo sopra di noi, incorniciato dalla vegetazione lussureggiante che ci circondava. Se quello non era il paradiso, non sapevo cos'altro potesse esserlo. Anche Richard stava galleggiando e mi si avvicinò. Insieme ci lasciammo trasportare dalla corrente, i miei piedi da una parte, i suoi dall'altra, faticando per restare guancia a guancia.

«Forza, esploriamo un po'» suggerì alla fine. Ci tenemmo a galla, nuotando per avvicinarci il più possibile all'intenso getto della cascata. Facendo dei respiri profondi, ci immergemmo al di sotto; cercai di aprire gli occhi, senza riuscirci. Riemergemmo entrambi, ormai a corto di fiato.

«Guarda» disse Richard, allontanandomi dal flusso principale della cascata e guidandomi verso le cascatelle laterali. «Sediamoci qui un minuto e facciamoci massaggiare dall'acqua che cade.» Restammo lì distesi e lasciammo che i nostri corpi irrigiditi trovassero sollievo. Udii l'eco della voce di Richard che proveniva da dietro una delle cascate più delicate. «Vieni a vedere questa, amore.» Lo raggiunsi a guado dietro la cortina d'acqua. Mi attirò sulle sue gambe e mi baciò i palmi, le spalle, il collo. I nostri corpi si unirono, le nostre anime divennero una sola. Facemmo l'amore con la medesima intensità della cascata. Restammo a lungo l'una nelle braccia dell'altro, mentre il battito rapido dei nostri cuori si quietava. D'un tratto, lo stomaco di Richard emise un brontolio e scoppiammo a ridere.

«Hai fame, amore?» lo stuzzicai.

«Direi di sì.»

«In tal caso, ho un banchetto per te, mio bel selvaggio. Portami a riva e ti servirò.»

Richard mi prese tra le braccia e attraversò la cortina d'acqua. «Sono un cavernicolo che porta a casa la sua donna. Appartieni a me; sei mia, tutta mia.» E lanciò nuovamente il grido di Tarzan verso la giungla.

«Come ho fatto a essere tanto fortunata?» Gli diedi un bacetto sulle labbra e poi mi schiacciai contro le sue spalle. Lui mi lasciò scivolare nell'acqua. «L'ultimo che arriva al cibo è un uovo marcio!» esclamai. Spingendomi con i piedi, nuotai a velocità folle verso la nostra spiaggetta erbosa. Raggiunsi la salvietta con il fiatone. Richard mi afferrò, io risi e lui mi diede un bacio pazzesco. «Dio, quanto ti amo» mi sussurrò in un orecchio.

Misi in tavola il banchetto: pane francese, formaggio, pâté di fegato in scatola e papaya. «La birra è all'ombra di quel pandano» dissi, indicando un punto nell'acqua poco lontano. Mangiammo immersi in un piacevole silenzio, familiarizzando con il divino splendore che ci circondava. Pensai nuovamente, ancora più sicura, che quello dovesse essere il paradiso.

Ci venne sonno e spostammo le salviette all'ombra. Mi accoccolai di schiena nella curva del corpo di Richard e mi addormentai. Il mio ricordo seguente è lui che mi mordicchia un orecchio, sussurrandomi: «Spiacente, amore. È ora di andare».

Dopo aver infilato le nostre cose negli zaini, lasciammo gli avanzi di pane alle sterne stolide nere che ci osservavano dagli alberi. «Non dimenticherò mai questo posto» dissi, dandogli un'ultima occhiata mentre ci allontanavamo.

«Nemmeno io, amore, nemmeno io.»

Tornati al villaggio, raggiungemmo in barca a remi il *Mayaluga* mentre il sole tramontava. L'acqua sembrava rame sbalzato. La brezza calda agitava le fronde delle palme, giocando a nascondino con le prime stelle della notte. Scorgemmo un fuoco sulla spiaggia e vedemmo alcuni autoctoni raccogliere legna.

«Vedi l'orgoglio con cui il Leone occupa il suo posto nel cielo?» chiese Richard.

«Qual è la costellazione del Leone?» domandai con uno sbadiglio, per farlo continuare a parlare.

«Appena sotto il Grande Carro; è curva come un punto di domanda al contrario. Stasera, mi sento un Leone.»

«Come il re della giungla o come un punto di domanda al contrario?»

«Decisamente come il re della giungla» disse ridendo, poi aggiunse: «Basta guardare questo cielo magnifico. È un'enorme, favolosa tela di luci. Una costellazione che ne esalta un'altra, zeppo di storie mitologiche. Qual è quella che spicca di più ai tuoi occhi?»

«La Croce del Sud.»

«Esatto. Ma cosa significa per te quella semplice stella lassù?» chiese.

«In realtà, non è che ci abbia mai riflettuto un granché. So solo che, quando la vedo, mi trovo nell'emisfero meridionale. Per te cosa significa?»

«Significa che ho viaggiato tanto, allontanandomi dalle altre costellazioni del cielo della mia infanzia, in Inghilterra. Per me è un'illuminazione. Vedi la direzione verso cui punta l'asta?»

«Sì.»

«Punta verso il polo celeste australe. Peccato che non ci sia una Stella del Sud così come c'è una Stella del Nord.» Richard fece un sospiro. «Mi sento davvero fortunato a trovarmi qui con la Croce del Sud che brilla su di noi, ma mi sento ancora più fortunato ad averti accanto a me. È il fato, Tami. Ho attraversato mezzo mondo in barca per trovarti.»

Richard mi tese la mano sinistra e la afferrai. Era calda e forte. Alzai lo sguardo verso il suo profilo spigoloso e notai il luccichio di una lacrima nei suoi occhi. Avevo una gran voglia di riportare su di me quello sguardo d'amore, ma mi resi conto di aver colto uno scorcio indifeso nell'anima del mio amore. Aveva spostato il suo sguardo verso il cielo e l'intimità dei suoi pensieri. Non avevo il diritto di invadere quello spazio.

Le nostre mani restarono strette nel centro del pozzetto. Anch'io tornai al teatro del cielo, ricordando una cosa che mia madre mi diceva sempre: *Dio è nel suo paradiso, e il mondo gira come sempre*. Pensai che quella notte non avrebbe mai abbandonato il mio cuore.

Richard puntò una mano verso la luna. «La vecchia signora sta crescendo.»

«Come fai a dirlo?» chiesi.

«Vedi come la mia mano destra ne accarezza il lato destro, il lato pieno della luna?»

Mollai la sua mano sinistra e sollevai la destra per accarezzare la luna. «Sì.»

«Significa che sta crescendo, che sta per diventare piena. Se la tua mano sinistra riuscisse a cingere il lato pieno della luna, significherebbe che sta calando.»

«Ma sei sicuro?»

«Sì! L'ho imparato da un vecchio lupo di mare in Sudafrica. A giudicare dal suo aspetto, tra meno di una settimana questa luna sarà piena. Se vogliamo arrivare alle Tuamotu con la luna piena, sarà meglio partire presto.»

11

BIRRA HINANO E SIGARI

Mi risultava difficile guardare la luna e chiedermi se fosse calante o crescente. Non me ne sarebbe potuto importare meno se fossi giunta in vista di un approdo in una notte priva di luna e di stelle. Speravo semplicemente che l'avvistamento avvenisse il prima possibile. Non ne potevo più di vedere soltanto il tappeto dell'oceano e la cortina del cielo. Il mio piano di lavoro quotidiano aveva finito per ruotare interamente intorno alle tre osservazioni giornaliere del sole. Di notte, se il vento era buono, rimanevo al timone dell'*Hazana* finché riuscivo a stare sveglia. A quel punto, legavo la ruota del timone e dormivo nel pozzetto finché il sole del mattino mi costringeva a uscire, madida di sudore, dal sacco a pelo.

La prima incombenza al risveglio era osservare l'orizzonte a trecentosessanta gradi. Non c'era mai null'altro che acqua e cielo.

La seconda incombenza mi portava a prua per controllare la vela di fortuna, per verificare che le cime non facessero attrito tra loro. Mi accertavo che l'inferitura della vela fosse tesa. Il sartiame era diventato il mio compagno ed era sempre lì a trainare la barca, centimetro dopo centimetro, in direzione della terraferma che tanto bramavo.

Se non c'era vento, legavo la ruota del timone e mi sforzavo di scendere sottocoperta. Annotavo sul giornale di bordo cose come: *Paranoia! In bonaccia. Nel medesimo punto di ieri. Dio, quanto mi manca Richard. Quand'è che finirà questo periodo diabolico?*

Ma non avevo voglia di pensare al diavolo, a Satana. Era già fin troppo un inferno per me. Ma l'immaginazione cominciò a prendere il sopravvento. Mi voltai a destra e a sinistra, con fare guardingo, e iniziai a tremare. Mi strinsi le braccia intorno al corpo, cercando di porre fine a quei movimenti involontari. Il diavolo era lì, vicino, in procinto di venire a prendermi...

Ti stai creando il tuo stesso inferno, esplose la Voce.

«Non ho creato io questa situazione!»

Tieni la mente sotto controllo: sei tu il tuo paradiso e il tuo inferno! Pensa positivo. Muoviti. Prenditi cura di te.

Volevo tapparmi le orecchie, però in fondo preferivo ciò che diceva la Voce a ciò che la mia mente comunicava attraverso i pensieri. Mi asciugai il sudore dalla fronte e trasalii quando il sale sulla mano mi fece bruciare la ferita. Quella sensazione mi accese: mi alzai e raggiunsi la prua della barca per pulire e medicare le mie ferite. Un'incombenza che non mi piaceva ma, quando il bendaggio si faceva lercio e poco igienico, non avevo scelta. Avevo il terrore delle infezioni.

Sottocoperta, la sentina era ancora costellata di ciarpame. I paioli erano sparpagliati per la cabina. Mi risultò più semplice muovermi posando i piedi sull'intelaiatura portante dell'assito e su alcune parti della sentina che cercare di capire dove andassero ricollocate le varie assi. I fagioli sparsi in giro stavano germogliando e la farina di avena ammuffiva con il passare dei giorni. Di quando in quando, una scatoletta arrugginita esplodeva e iniziava a puzzare e, a quel punto, la gettavo in mare. Per il mio naso e i miei nervi era più facile starmene in coperta.

Alla fine, la fastidiosa realtà della vita in un porcile divenne un fardello eccessivo. Non sopportavo più il sudiciume e il tanfo. La Voce si fece sentire: *Questo ambiente è disgustoso.*

«Lo so.»

Devi continuare a fare le pulizie.

«Non mi va; mi fa venire la nausea.»

Se il posto fosse pulito, la nausea non ti verrebbe.
«Puliscilo tu.»
È compito tuo.
«Qui comando io: non è compito mio!» dissi con impudenza.

Indugiai per un istante, cercando di decidere se avrebbe dovuto vincere la Voce o io.

In definitiva mi resi conto che in ogni caso non ci sarebbero stati vincitori. Riempii dei secchi di acqua di mare e cominciai a strofinare. Quando fui stanca, raccolsi le scatolette di cibo e le sistemai in cucina. I vetri rotti risvegliarono la mia rabbia: non avremmo dovuto tenere tanto vetro a bordo.

Mentre pulivo, trovai davvero seccante dover continuamente scavalcare il canotto arancione sgonfio e arrotolato. Anche se pesava una tonnellata, mi decisi. Lo trascinai e lo tirai per tutta la cabina, poi lo catapultai dentro il pozzetto. Una volta in coperta, lo feci rotolare a poppa e lo rizzai sulla battagliola poppiera, sul lato sinistro.

Tornata sottocoperta, scoprii tre boccette di plastica di crema per le mani e il corpo. Doveva essere roba buona, pensai, visto che Christine, la proprietaria della barca, ne aveva stoccata tanta. Christine era una bella donna. Ah, sentirmi di nuovo bella…

Mi avvicinai allo specchio a prua e mi guardai. Per quanto abbronzata, ero pallida. Avevo le borse sotto gli occhi, ero tesa, il viso imbronciato. La benda sulla fronte e la bandana a disegni paisley erano il tocco finale. Chi ero, mi chiesi, la Regina della sventura? Stappai una boccetta e annusai la crema. Aveva un odore fantastico, una fragranza di fresco e pulito, di agrumi con un sentore di fiori. Me ne versai un po' sul palmo di una mano e poi me la passai su una guancia. Era fredda, lenitiva. La spalmai sull'altra guancia e poi sulle palpebre, sul naso, sul mento. Non mi avvicinai alla fronte ferita.

Provai a sorridere di fronte al riflesso nello specchio, ma avevo le labbra secche, screpolate. Ci sfregai sopra la crema con forza, nel tentativo di far sparire le crepe, ma senza grande successo. Avevo un aspetto talmente bizzarro da spaventarmi. Non volevo ammettere le paure che si annidavano sotto la superficie della persona che stavo guardando. Si trattava di un esercizio di diplomazia: mi resi conto che, se mi fossi spinta troppo in là, sarei precipitata in un abisso.

Diedi le spalle alla pietosa immagine nello specchio e mi avvicinai al divano nel quadrato, dove mi sedetti e iniziai a tracciare piste di crema su entrambe le braccia. La sensazione fresca mi diede la pelle d'oca per qualche istante, ma la crema vellutata la fece sparire con la stessa velocità con cui si era presentata. La mia pelle la assorbì. Passai parecchio tempo a darne un assaggio a ogni poro del mio corpo: tra le dita dei piedi, sulla nuca, persino sotto le ascelle. Non ne avevo mai abbastanza. Quand'ebbi finito, mi accorsi di aver praticamente svuotato il contenitore.

Dopo averlo ritappato, mi guardai intorno e mi chiesi che senso avesse occuparmi del casino che regnava nella cabina

Perché puzza ancora, ricordi? Non hai finito di fare le pulizie.

Con un sospiro profondo, raccolsi i pantaloni della cerata per appenderli nell'armadietto. All'interno, incuneato di traverso, c'era un pesante oggetto di metallo, avvolto in una salvietta. Srotolai la parte superiore della salvietta e vidi la canna di un fucile.

«No. No, no, no» dissi, spingendolo nuovamente dentro, insieme ai pantaloni. Chiusi con forza lo sportello.

Mi inginocchiai e mi misi a pulire il divano che serviva anche da gavone. Protendendo un braccio al di sotto, toccai qualcosa di freddo e ritrassi subito la mano. Dopo aver preso la torcia, la puntai nell'angolo. Lattine di metallo. Infilai una mano e le feci scivolare fuori. Sigari! Cosa diavolo ci facevano dei sigari a bordo? Non avevo mai visto Peter, l'altro proprietario dell'*Hazana*, fumarne. Forse erano merce di scambio. Strappai il sigillo e sollevai il coperchio della lattina. L'aroma fu effettivamente un toccasana. In passato sigarette e sigari mi avevano disgustata, ma quel giorno mi sembrarono un tocco d'umanità. L'aroma mi trasmise la sensazione di appartenere al mondo reale.

Frugai più a fondo nella cassapanca e tirai fuori una grossa latta di biscotti Arnott's. «Mmm» mi sorpresi a mormorare. Doveva essermi tornato l'appetito. Tolsi il coperchio e ne mangiai uno, godendomi ogni boccone croccante.

«Cos'altro si nasconde in questa miniera d'oro?» Girandomi su un fianco, frugai ancora più in profondità. Sfiorai con i polpastrelli una scatola di cartone.

Estendendo al massimo le dita, agganciai e trascinai la pesante scatola fino a me. La aprii frettolosamente e scoprii una cassa di birra Hinano, la preferita di Richard e della sottoscritta.

«Ehi, potrei prendermi una bella sbronza» annunciai, a beneficio di nessuno. «Scommetto che, se la bevessi tutta, potrei morire per intossicazione etilica.»

Che senso avrebbe?

«Smettere di ripensare ai bei tempi che non torneranno più.»

Preferiresti che quei bei tempi non fossero mai esistiti?

«Non li scambierei con nulla al mondo.»
E allora goditi il ricordo.

A volte detestavo la Voce. La sua logica mi prendeva a schiaffi non appena ne aveva la possibilità. Non aveva la minima solidarietà per la mia situazione. Dopo aver preso una bottiglia di birra, un sigaro, il cavatappi e alcuni fiammiferi impermeabili, salii in coperta. Non c'era vento e il sole stava tramontando. Dopo essermi messa a cavalcioni del boma, strappai con un morso la punta del sigaro come avevo visto fare nei film e la sputai in mare. Mi infilai il sigaro in bocca, mordendolo con gli incisivi, e avvicinai un fiammifero all'estremità. Aspirando e tossendo, finalmente riuscii ad accenderlo. Stappai la bottiglia di Hinano e osservai il tappo volare in aria. Per quanto fosse calda, mi sembrò nettare. Sentendomi come Tutankhamon sul suo trono, rimasi dov'ero a contemplare la fine dell'ennesimo giorno.

Possibile che quella stella luminosa nei pressi dell'orizzonte, quella dalla sfumatura rossa, fosse Fomalhaut, l'occhio del Piscis Austrinus, il Pesce australe? Sapevo che Fomalhaut era una delle quattro stelle regali dell'astrologia antica. Non vedevo altre stelle luminose accanto, quindi doveva trattarsi di quella. In seguito avrei cercato il portatore d'acqua, l'Acquario, e avrei trovato l'anfora che porta e svuota sul Pesce australe. Mentre gli ultimi residui di luce filtravano dal cielo, il cavallo alato, Pegaso, apparve al galoppo: Pegaso, nato dal sangue di Medusa dalla chioma di serpi. Secondo il mito, Perseo uccise Medusa nel corso di una delle sue imprese eroiche. Studiando ulteriormente il cielo, trovai la Gru e la Lucertola. Se avessi guardato con sufficiente attenzione avrei trovato Richard, l'uomo scomparso? Immaginai il viso delicato di Richard all'interno del grande quadrato di Pegaso. Se solo fossimo potuti stare a cavalcioni del boma insieme, a fumare sigari e a bere birra tiepida. Se solo...

Udii il rumore del bordame della vela che entrava in tensione sul lato sinistro del ponte. Ah, un po' di vento. Finii la birra e spensi il sigaro, poi scesi dal boma, slacciai la ruota e mi misi al timone. Per lo meno, di notte c'erano le stelle a intrattenermi e potevo perdermi nella luce della luna.

12

MACHETE E MURENE

Poco prima dell'alba, una nube a forma di foglia d'acero lambì la falce di luna. Strizzai gli occhi per vedere meglio, ma ero ancora in mare, l'*Hazana* era ancora privo di albero e Richard era ancora morto.

Salita in coperta dopo i miei calcoli mattutini, trovai una sula sulla sommità del mio albero di fortuna. È noto che le sule seguono le navi per giorni, appollaiate sul loro sartiame, e dunque vederla non fu una grande sorpresa. L'uccello era alto un'ottantina di centimetri ed era per lo più bianco. Ero affascinata dai suoi occhietti luccicanti e dalla sfumatura azzurro pastello che li circondava. Anche le piume intorno al becco erano di una bella sfumatura blu. Per un istante, gli occhi dell'uccello si sgranarono, trasformandosi in quelli di Richard. L'azzurro si fuse in quella tinta lapislazzulo che era in grado di farmi sciogliere con un solo sguardo prolungato.

Ma, quando la bestiola si mosse, le sue enormi zampe arancione scuro ruppero l'incantesimo e tornò a essere semplicemente un uccello venuto a tormentarmi. Se ne andò, però un paio d'ore dopo tornò a sfruttare l'albero per riposarsi. Gracchiava e dormiva tanto e poi, dopo essersi lisciato le piume, riprendeva il volo per pescare. La sula rimase con me per tre giorni ma, quando i suoi escrementi iniziarono a puzzare, cercai di scacciarla con il remo coperto dalla maglietta rossa. Quel dannato uccello continuava a tornare e io continuavo a scacciarlo, chiedendogli scusa e dicendogli che, se non avesse fatto la cacca, si sarebbe potuto anche fermare. Alla fine, ne ebbe abbastanza di me e volò via una volta per tutte. A quel punto, sentii la mancanza dei suoi occhi blu e della presenza di segni di vita a bordo.

31 ottobre. Halloween. Diciannove giorni dalla scuffia. Con un vento stabile, avevo percorso quaranta miglia nelle ultime ventiquattro ore, in base al punto rilevato a mezzogiorno. Pensai ai miei Halloween da bambina, quando mi mascheravo e giocavo a dolcetto o scherzetto con gli amici. Mi venne in mente la volta in cui ero stata malissimo. Avevo sette anni e i nonni mi avevano noleggiato un costume da *flapper*. Mi piaceva un sacco, perché le frange cucite sul raso sfarfallavano e il fermacapelli con le perli-

ne luccicava di gemme finte. Giunta alla terza porta, iniziai a sentirmi male. Dover tornare a casa per me fu una tragedia: nel mio sacchetto c'erano solo tre dolcetti e nessun altro mi avrebbe vista nel mio splendido costume. Mi chiesi da cosa si sarebbe vestito oggi il mio fratellastro di tre anni: probabilmente da pirata o da cowboy.

Il cibo non era importante per me. Ma quella sera decisi di prepararmi una bella cena per rendere meno dura la mia situazione. Aprii del prosciutto in scatola e ci versai sopra mezzo barattolo di salsa di prugne. La salsa era un privilegio tale, soprattutto considerato che il barattolo non si era rotto, che non mi sarei permessa di finirla in un solo pasto. Mi godetti il tutto con burro di arachidi e cracker. Come dessert, qualche boccone di pere sciroppate. Mangiare così tanto in una volta sola mi fece stare male, ma non riuscii a fermarmi.

Faresti meglio a smettere. Devi razionare il cibo, ti rimane solo una sacca di scatolette.

«Bene, così forse morirò di fame.»

Non se continui a mangiare come hai appena fatto.

«Ehi, è Halloween ed era il mio dolcetto. Qual è il tuo dolcetto, Voce? Oppure hai uno scherzetto nella tua manica invisibile?»

Tu, Tami. Sei tu il mio dolcetto.

«Non un granché, come dolcetto...»

1° novembre. Scrutai fiaccamente il mare con il binocolo come facevo tra le trenta e le cento volte al giorno. D'un tratto, individuai qualcosa di arancione sull'orizzonte. Era una grossa boa color mandarino, accanto a una bandiera rossa. Vedevo la boa dalla tinta vivace solo quando era sulla cresta delle onde.

«Wow! Guarda là» dissi alla galloccia a cui era stata agganciata la cavezza di Richard.

Modificai la rotta e, circa un'ora dopo, mi avvicinai alla boa quanto bastava per vedere che era fissata a una rete. Era il caso di ormeggiarmi alla rete e di attendere il ritorno del peschereccio? E se non fosse tornato? Non sapevo bene cosa fare.

Mentre studiavo nuovamente la rete, tentando di decidere, capii che doveva essere stata abbandonata. Le incrostazioni di cirripedi che la coprivano erano numerose e, se fosse stata posizionata di recente, lo strato di alghe che la avvolgeva non sarebbe stato così spesso. Nessuno sarebbe tornato a riprendersela, e io avevo sprecato tempo prezioso.

Il giorno seguente coprii a vela l'incredibile distanza di 60 miglia e, il giorno successivo, di 50. Ero, ovviamente, all'interno della corrente nordequatoriale e procedevo spedita. Ero felice di aver dato retta al mio intuito e di essere tornata alle latitudini inferiori, quelle del parallelo 18° N. Stimai che mancassero soltanto 590 miglia alle Hawaii. Soltanto! Avevo coperto più di 1000 miglia a passo di lumaca nell'oceano Pacifico e ragionavo in questi termini: *soltanto*. La terra era vicina e, allo stesso tempo, ancora molto, molto lontana.

Come vorrei che il mio skipper fosse qui, scrissi sul giornale di bordo.

Nei due giorni seguenti, piovve e il mare fu mosso.

I raggi del sole mi penetrarono sotto le palpebre, producendo una luce bianca talmente intensa da svegliarmi. Mi alzai, slegai la ruota e mi misi al timone. La vela era in tensione, gonfia di vento. Il mare si era calmato e l'*Hazana* viaggiava a velocità decisamente più sostenuta. Solcava le acque ad almeno due nodi. Fu elettrizzante starmene seduta contro il battente del tambuccio, sorretta da alcuni cuscini. Mi piaceva pilotare con il piede, con le dita strette intorno al freddo raggio di acciaio inossidabile. Avevo la mente vigile, dopo ore di sonno. Pertanto, come sempre, avrei pensato. Avrei pensato, pensato e ancora pensato.

Mi chiesi: *Perché mai esiste la vita? In che modo la terra, il mare, il cielo, le stelle, le persone e gli animali sono connessi tra loro? Siamo connessi?* Io mi ero sentita in connessione con Minka, la femmina di pastore tedesco con cui ero cresciuta. Mi leggeva nel pensiero: capiva sempre quand'ero triste o malinconica o non del tutto in forma. In quel momento avrei voluto che fosse seduta accanto a me, con la testa soffice e pelosa sulle mie gambe. Mi venne in mente che spesso Richard e io condividevamo il medesimo pensiero, una sorta di telepatia. Lui e io potevamo ancora pensare le stesse cose? Percepiva quanto mi mancava? Se solo Richard avesse potuto indicare nuovamente la terra e se insieme avessimo potuto urlare: «Ecco l'ingresso!». Pareva che dicessimo sempre le stesse cose all'unisono.

«Ecco l'ingresso!» gridammo Richard e io. Eravamo eccitati alla prospettiva di visitare l'arcipelago delle Tuamotu, il più grosso gruppo di atolli del mondo.

Il portolano avvertiva i naviganti della possibilità che la corrente penetrasse nell'ingresso largo meno di venti metri di Raroia a una velocità di otto nodi. Attendemmo la fine del riflusso della marea: era ormai sul punto di spegnersi, quando ci avventurammo nella fenditura e gettammo l'ancora in un fondale sabbioso davanti al piccolo villaggio. Mentre riponevamo l'attrezzatura utilizzata nei quattro giorni di viaggio, un motoscafo da diporto da sei metri ci venne incontro. Il pilota accostò abilmente accanto al *Mayaluga* e spense il motore. Si presentò, dicendo di chiamarsi Remy, e ci invitò a pranzare con la sua famiglia.

Una volta a riva, andammo a piedi a casa di Remy, dove ci presentò la moglie Lucy, la loro figlia Sylvia e il suo fidanzato Kimo. Ci fecero accomodare all'esterno su sedie sistemate sulla sabbia e ci godemmo l'aroma del tonno fresco che veniva grigliato.

D'un tratto, notai una pinna dorsale dalla punta nera al centro della laguna. Mentre raddrizzavo la schiena e fissavo la scena, Richard e io esclamammo insieme: «Squali!».

Remy rise e scrollò le spalle. Dopodiché, parlò rapidamente con Richard, che mi spiegò che gli indigeni lasciano in pace gli squali della barriera corallina, dato che sono solo incuriositi dalle persone e che non hanno nessuna voglia di mordere. Ma Remy ci consigliò di tenere comunque a portata di mano un canotto dentro il quale saltare nel caso in cui, mentre nuotavamo nella laguna, gli squali si fossero avvicinati eccessivamente.

Remy disse che la domenica non raccoglievano *copra* – noci di cocco secche – e che per loro sarebbe stato un piacere farci vedere l'isola di Kon Tiki, sul lato opposto della laguna.

Il giorno seguente, partimmo con il loro motoscafo al traino del *Mayaluga* e giungemmo all'isola di Kon Tiki nel primo pomeriggio. Per Richard e la sottoscritta, trovarci sull'isolotto di sabbia su cui nel 1947 si era arenata la famosa zattera di balsa *Kon-Tiki*, partita dal Perù centouno giorni prima, fu un'esperienza incredibile.

Avvicinammo il piccolo motoscafo di Remy al *Mayaluga* e i quattro membri della famiglia ci saltarono dentro e si avviarono verso la riva. Calammo in acqua il nostro canotto e li seguimmo a breve distanza. Erano già affaccendati ad allestire il campo quando tirammo il canotto in secca. Kimo si avviò lungo la spiaggia, poi si voltò e, con una mano, indicò a Richard di seguirlo: stava andando a pescare.

Sylvia e io ci mettemmo a cercare conchiglie. Scavando tra i grani di corallo, scoprii una splendida conchiglia a punte, grande come il mio pugno. Ero talmente concentrata su quell'insolita gemma che mi ritrassi bruscamente per la sorpresa quando alzai lo sguardo e vidi degli occhietti neri e luccicanti che mi fissavano. A poco più di mezzo metro da me c'erano due squali pinna nera. Dopo aver preso un respiro profondo, capii che non intendevano saltare fuori dall'acqua per sbranarmi, ma mi spaventò sapere che erano in grado di avvicinarsi in modo così discreto. Sembravano semplicemente curiosi, ma decisi di non cercare altre conchiglie così vicino all'acqua.

Il mattino seguente facemmo una lunga camminata. L'azione della marea sulle mie caviglie era piacevole e io tendevo a restare indietro per cercare conchiglie. D'un tratto, davanti a me si sollevò una serie di schizzi e, con un movimento rapidissimo e fluido, il machete di Lucy descrisse un ampio arco, mozzando la testa a una murena.

«Santo cielo» dissi, sbalordita. Lucy continuò come se niente fosse. Osservai il corpo della murena dimenarsi e contorcersi negli spasmi della morte. In quel momento capii perché mai portassero sempre con sé dei machete. Smisi di cercare conchiglie e restai vicina alla donna. Provavo un nuovo rispetto per lei. Forse, anche con Lucy condividevo una sorta di telepatia.

13

IN MARE

Il mio piede scivolò giù dalla ruota dell'*Hazana* e sbatté sul fondo del pozzetto con un forte tonfo. Mi stavo concentrando, nel tentativo di mandare un messaggio subliminale a Richard. Forse, il tonfo era il suo modo per darmi un calcio nel sedere, per ricordarmi di fare attenzione e di non perdere la rotta.

Pensi troppo, mi disse pacatamente la Voce, spaventandomi.

«Cos'altro potrei fare? Sto cercando di inviare un messaggio subliminale a Richard.»

Che cosa vuoi dirgli?

«Che sarei disposta a rivivere questa intera esperienza pur di riaverlo nella mia vita ancora una volta.»

Vuole che tu sappia che anche lui sarebbe disposto a farlo...

Dopo aver posato di nuovo il piede sul raggio del timone e aver spinto la ruota a sinistra, pensai a quando

Richard era finito in mare e a quello spreco di vita umana. La Voce interruppe le mie riflessioni: *L'unico spreco è il tuo piangerti addosso. Non hai il diritto di sostenere che la vita di Richard sia stata uno spreco. Non sei Dio.*

Provai vergogna, ma poi scattai sulla difensiva. «Ehi, Voce, non c'è problema. Non mi innamorerò mai più.»

Ecco, quello sì che sarebbe uno spreco.

Sorrisi di fronte all'arguzia della Voce e girai la ruota. Notai una certa rigidità nei movimenti del timone, erano a strappi. Era successo altre volte, a tratti. Sapevo che non avrei potuto ignorare a lungo la possibilità che il timone presentasse danni o inceppi sotto la barca. In quelle condizioni governarla era difficile, in quanto mantenere la rotta era una specie di esercizio isometrico che mi stancava gambe e braccia. Avevo ispezionato un paio di volte il settore e i frenelli della timoneria sottocoperta, senza rilevare anomalie. Sapevo di dover controllare il timone e che l'unico modo per farlo era saltare in acqua, immergermi sotto la barca e dare un'occhiata: una prospettiva che mi spaventava. Chi mi avrebbe issata nuovamente a bordo se qualcosa fosse andato storto? E se uno squalo mi avesse attaccata? Non avevo più voglia di pensarci. Me ne sarei occupata in seguito.

Il cielo fece balenare un illeggibile segnale in codice

Morse. Le stelle mi inviavano messaggi di incoraggiamento. Una stella cadente significava che avrei potuto esprimere un desiderio. I miei desideri erano sempre gli stessi: che Richard fosse vivo; che qualcuno mi trovasse; di avere il coraggio di immergermi sotto la barca. Adoravo quel momento, i primi istanti dell'alba. Lo spettacolo delle stelle che andavano a letto a una a una mentre il sole si svegliava aveva un che di magico.

Quel giorno, il levar del sole dipinse il cielo con sfumature che mi ricordarono Maxfield Parrish. Avvertii un'atmosfera di serenità. Dio era serenità? Legai la ruota del timone e mi diressi a prua.

Dopo essermi slacciata il pareo a fiori lo lasciai scivolare sulla coperta e mi ci sedetti sopra a gambe incrociate, nuda. Posai le braccia sulle gambe, con i palmi all'insù, pronta a ricevere tutte le vibrazioni positive che l'universo fosse disposto a darmi. Raggi in tinte pastello permeavano i miei capelli, i miei occhi, la mia pelle, i miei avambracci, le mie gambe, la mia aria e la mia anima. Inspirai profondamente dal naso, purificandomi, ancora e poi ancora, quindi espirai dalla bocca con un forte *uuu*. Sentii il midollo che si riscaldava nella placida calura mattutina. Mi fusi armoniosamente con tutto ciò che mi circondava. Almeno in quel breve frangente, non detestavo né desideravo nulla. Non avevo paura e non avvertivo alcun dolore. La beatitudine del mattino a tinte pastello era accompagnata da una melodia unica, da un gospel tutto suo, dalla sua straordinaria grazia.

La meditazione mi diede forza. Mi sentii riempire di ottimismo e mi ritrovai con l'improvvisa consapevolezza che ciò che deve essere è. Il tempo di Richard si era esaurito. Esisteva forse una possibilità su un milione che fosse ancora vivo. Se anche fosse sceso sottocoperta con me, forse sarebbe morto ugualmente. Non sarebbe stato ancora peggio? Non una fine rapida, come la forza dell'onda gigantesca che doveva avergli fatto esalare con violenza l'ultimo respiro.

Riflettei su cosa stabilisce che sia giunta l'ora per ognuno di noi. È Dio a decidere? Sono le nostre azioni sulla Terra a decidere? Io ero stata una brava persona. Non avevo mai cercato di fare intenzionalmente del male a qualcuno. Non avevo mai mentito o rubato. Ero stata animata dalla convinzione di dover trattare le persone nel modo in cui volevo essere trattata. Siamo tutti uguali, senza eccezione. Ma pure Richard era stata una brava persona. Dunque, perché io ero ancora in vita? Perché non era giunta anche la mia ora? Per cosa vivevo? Cosa avrei fatto per il resto dei miei giorni?

Le lacrime che mi scesero lungo il viso, cadendomi sul seno, mi purificarono. Furono lacrime di dolore e insieme di guarigione. Le domande che mi posi furono terapeutiche. Stavo iniziando ad accettare le circostanze in cui mi trovavo e a guarire.

Ero certa che la Bibbia dicesse qualcosa a proposito delle tante dimore nella casa del Padre. *Significa che vivremo di nuovo?*, mi chiesi. A me pareva di sì. Volevo che Richard rinascesse, che vivesse di nuovo. E, forse, ero ancora viva proprio per quello, per conoscerlo e amarlo in un modo diverso. Non avrei potuto far altro che continuare a vivere e scoprirlo. Un giorno sarebbe giunta la mia ora; il fatto che non fosse ancora arrivata suscitava in me un senso di colpa difficile da superare.

Con un respiro profondo, inspirando ed espirando, aprii gli occhi e sbirciai nella luce del sole. La sua intensità mi accecò, mi rese umile. Ancora una volta, chinai il capo al cospetto del grande Creatore e dissi semplicemente: «Proteggimi, Dio, il tuo mare è così grande e questa barca è così piccola. Amen».

Dopo aver aperto gli occhi, scrutai la profonda distesa turchese. Sembrava calma, benevola. Invitante. Sì, quel giorno sarei riuscita a immergermi sotto la barca. Con energia e fede rinnovate, mi alzai e mi stiracchiai; ammainai la vela sul ponte, per consentire all'*Hazana* di andare alla deriva, e afferrai il mio pareo vivace mentre mi avviavo verso il pozzetto, a poppa. Frugai negli stipetti sotto i sedili e trovai due cime e la mia maschera da sub. Era il caso di mangiare, prima?

No, prima l'immersione; poi ti concederai un bel pasto.

«Macedonia?»

Mmm, sì. Deliziosa.

Mi tolsi la bandana e la appoggiai sul sedile. Mi sfiorai i capelli e... no! Non era il caso di pensare ai miei capelli sporchi. Mi avrebbe soltanto fatto tornare sui miei passi. *Inizia con l'immersione sotto la barca*, mi dissi.

Afferrai le due cime e le legai al winch con un paio di nodi a mezzo collo. Dopodiché, mi legai le corde intorno alla vita con una gassa d'amante. Restava ancora la cima al traino dietro la poppa.

Lì, dritta sul lato del ponte, chiesi a Dio di proteggermi. Dopodiché, presi un respiro profondo e mi tuffai di piedi. L'acqua era gelida ma sorprendentemente tonificante. Il sale mi fece bruciare le ferite, soprattutto quella alla testa, ma non vi badai: stava guarendo. Non ricordavo l'ultima doccia decente che avevo fatto. Da quando ci eravamo rovesciati, mi ero versata addosso un secchio d'acqua salata oppure mi ero pulita con uno strofinaccio inumidito alla bell'e meglio con un po' d'acqua dolce ma, ora che ero immersa da capo a piedi nell'acqua salata, ogni poro del mio corpo si puliva a fondo. Mi tenni a galla verticalmente, agitando le gambe, per acclimatarmi, e poi infilai la maschera. Cercai di non pensare al fatto che erano le stesse acque crudeli che mi avevano strappato Richard. Feci un altro respiro profondo e mi immersi sotto la barca. L'acqua era chiara e rinfrescante. Sette corifene da un metro, un metro e mezzo di lunghezza nuotavano contro lo scafo. Il fondo della barca aveva un aspetto inquietante, con la grande chiglia e il piccolo timone. Riemersi per prendere una boccata d'aria, cercando di tenere a freno ansia e paura.

Dopo essere scesa più in profondità, andai in direzione dell'elica. Notai che una delle sartie di mezzana si era avvitata intorno all'albero dell'elica. Dopo essere riemersa ancora una volta per respirare, tornai sotto e provai a strattonare la sartia, che però si era saldata all'albero. La barca avrebbe dovuto procedere trascinandosela dietro. Detestavo il fatto che creasse attrito nell'acqua, ostacolando l'avanzata dell'*Hazana*, ma non potevo farci nulla. Non sarei mai riuscita a trattenere il respiro sufficientemente a lungo per tentare di tagliare la sartia e di liberarla, e comunque non ne avrei avuto la forza. Dopo essere riemersa, presi un altro paio di boccate d'aria e mi immersi per analizzare il timone. Lo girai da una parte e dall'altra e cercai eventuali danni e ostruzioni. Sembrava funzionare alla perfezione, il che ammantò di ulteriore mistero il motivo per cui fosse duro da manovrare. Non avendo altro da controllare sott'acqua, riaffiorai, afferrai una corda, mi issai sulla poppa e risalii la scaletta a pioli. A corto di fiato, scossi la testa per la delusione, ricordando quanto fossi stata forte un tempo. Be', un timone rigido era sempre meglio di un timone rotto. Ero grata per il semplice fatto che fosse al suo posto e che io fossi nelle condizioni di governare la barca. Fiera di me stessa per essermi tuffata e aver superato la paura, finii di asciugarmi con la salvietta e mi avviai a prua, dove issai la vela. Dopo aver frugato nella sacca e aver estratto una scatoletta di macedonia, mi sedetti al timone nel pozzetto, godendomi ogni boccone fino in fondo. Ogni volta che mi imbattevo in una mezza ciliegia la mettevo da parte, creando un mucchietto di zucchero cremisi da divorare in una sola boccata di piacere.

Posso averne una?, mi chiese timidamente la Voce.

Fissai il mucchietto crescente di ciliegie e pensai: *Al diavolo*. «Certo, serviti pure» dissi, per poi ridacchiare, perché, per una volta, era la Voce ad aver bisogno del mio aiuto. Fu una bella sensazione.

14

TRAMONTI A GUSCIO DI TARTARUGA

Mi tolsi il cappello e girai la faccia verso il sole. Un'ombra passò sopra le mie palpebre chiuse. Schermandomi gli occhi per non restare abbagliata, guardai il cielo. Una coppia di fregate volava alta nel vento. Era il ventiseiesimo giorno dalla scuffia. Avevo appena fatto la rilevazione di mezzogiorno e calcolato che mi restavano ancora 480 miglia da coprire. Vedere gli uccelli era un buon segno: la terra doveva essere vicina. Scrutai il cielo, ammirata, godendomi lo spettacolo degli oltre due metri di apertura alare delle fregate e delle loro code biforcute. Le osservai stringere le ali gigantesche contro il corpo e lanciarsi come missili verso il mare. Un istante prima dell'impatto, agguantavano un pesce ignaro subito sotto la superficie dell'acqua, poi schizzavano nuovamente in cielo. Sapevo che questi uccelli sono in grado di passare giorni interi in mare, librandosi tra le correnti. Non atterrano mai sull'acqua, perché le zampe corte e le ali lunghe renderebbero difficile, se non impossibile, il decollo.

Non riuscivo a trovare la forza per catturare dei pesci e mangiarli. Avrei dovuto ucciderli, e ormai la morte aveva assunto un significato diverso per me. Le sardine in scatola andavano benissimo: erano già morte, già state private della vita.

Passai molte ore a osservare le fregate. Talvolta seguivo i loro movimenti con il binocolo e mi girava la testa. La femmina era più aggressiva e spesso rubava il cibo al maschio. Decisi che il maschio glielo concedeva perché dovevano essere amanti. Voleva condividerlo.

Quando si presentò un volatile diverso, raddrizzai la schiena e presi il binocolo. Era un uccello tropicale, grande più o meno come un gabbiano ma con una lunga coda bianca affusolata. Era per lo più bianco, con un becco arancione, il contorno degli occhi nero e ali dalle punte nere. Non aveva la minima intenzione di interagire con le fregate: pochi uccelli lo fanno, perché le fregate sono molto grandi e aggressive. Tutti quegli animali indicavano senza alcun dubbio che mi stavo avvicinando alle Hawaii.

Tirai fuori l'ultima scatoletta di sardine e la penultima bottiglia di birra. Non ne potevo più di chili freddo, fagioli freddi e verdure fredde in scatola. Adoravo le sardine. Se gli uccelli potevano mangiare ciò che preferivano, perché non potevo farlo io?

Passarono cinque giorni senza che accadesse nulla. Stabilii una routine in base alla quale mi svegliavo tra le tre e le sei del mattino, a seconda del vento e del moto ondoso. Controllavo la vela, meditavo sul boma, aprivo una scatoletta e ne mangiavo il contenuto, di qualsiasi cosa si trattasse. Era sempre una sorpresa, dato che quasi tutte le etichette si erano staccate. Per colazione, provavo a prendere quella che pensavo fosse una scatoletta di frutta. Scrutavo l'orizzonte con il binocolo e mi sedevo al timone per ore e ore. Non ero ancora in grado di leggere. Non riuscivo a concentrarmi sulle parole.

Mezzogiorno era il momento più eccitante della giornata perché effettuavo la seconda osservazione del sole e calcolavo la distanza coperta nelle ultime ventiquattro ore. Era sempre compresa tra le 20 e le 60 miglia nautiche. Pregavo solo di raggiungere una delle isole dell'arcipelago, anziché di passarle accanto. Non doveva per forza essere la grande isola di Hawaii che già conoscevo, anche se sarebbe stata la più vicina. Una qualsiasi sarebbe andata bene.

Pensavo costantemente al mio passato con Richard e a come sarebbe stato il mio futuro, ora che lui non c'era più. Mio nonno mi avrebbe incoraggiata ad andare all'università. Filosofia? Perché mai avrei voluto andare all'università e filosofare sulla vita? Nell'ultimo mese non avevo fatto altro, ed ero arrivata alla conclusione che la natura umana era imprevedibile: se qualcuno mi avesse anticipato che mi sarei trovata in quella situazione e mi avesse chiesto come avrei reagito, la mia risposta sarebbe stata sbagliata. Non ne avrei avuto la minima idea, senza viverla.

Magari il corso di Psicologia sarebbe stato quello giusto per me. Avrei potuto studiare perché la voglia di vivere sia più forte della voglia di morire: una cosa affascinante... Ma no, no, l'università non faceva per me. Non sapevo cosa avrei fatto ma, comunque, non era il momento giusto per prendere decisioni sul futuro. Era il momento di perseverare in ogni istante e di concentrarmi sulla sopravvivenza.

Non mi concedevo mai una birra prima del tramonto. Talvolta, al crepuscolo, il mare si trasformava in una lastra di vetro. Mi trascinavo sul boma, accendevo un sigaro e stappavo una Hinano. Era il momento più solitario della giornata. Quanti tramonti mi ero goduta insieme a Richard? Facevamo un gioco: descrivere il tramonto con i colori esatti. Parole come *viola*, *crema* e *verde pallido* erano semplici, comuni. Richard, invece, descriveva un tramonto in questo modo: «Color lino, con una sfumatura mandarino, oltre che corniola e assenzio». Ridevo, osservandolo fare il duro mentre pronunciava la sua dettagliata descrizione. La migliore delle mie era stata: «Il sole vermiglio dissipò i suoi colori rosa petalo in giallo primula, verde pappagallo e susina tra le soffici nubi granata».

«Brava!» Richard mi aveva applaudita, ridendo.

Com'era possibile non sentirmi dolorosamente sola quando il sole mostrava ancora una volta il colore del lino, con una sfumatura mandarino, e il mio Richard non c'era più?

A volte, nel corso di quei tramonti solitari, parlavo con lui: lo incalzavo, chiedendogli di venire da me. Altre volte cantavo canzoni sciocche, dai versi stupidi che si ripetevano novantanove volte. Cercavo di cantare canzoni allegre, non canzoni che parlassero di casa e d'amore.

Tornata alla ruota del timone, sistemavo i cuscini e pilotavo la barca con un piede. Scrutavo il cielo, alla ricerca delle costellazioni amiche. Man mano che procedevo verso nord, ne riconoscevo di nuove. Ero quasi certa che Perseo ora stesse prendendo posizione nella Via Lattea. Perseo regge la testa di Medusa con la mano sinistra e lo scudo con la destra. Il suo scopo è salvare Andromeda, con l'aiuto di Ceto, il mostro marino. Non potei fare a meno di augurarmi che Richard fosse Perseo e che il suo scopo fosse salvare me.

Quando non riuscivo più a tenere gli occhi aperti, legavo la ruota del timone e mi infilavo nel sacco a pelo, stringendo la camicia a fiori di Richard. Spesso me la portavo al naso e inalavo profondamente, richiamando alla memoria il suo odore. Immaginavo dentro di me la sua espressione affettuosa e sussurravo dolci parole nel cotone morbido. Lui mi rispondeva, sussurrandomi quanto mi amava e quanto gli mancavo. Alle prime luci dell'alba ero ancora abbracciata alla camicia. Oh, quanto adoravo quella camicia, con le sue sfumature foglia di tè e i suoi turchesi che mi rammentavano il mare degli atolli. Ripensavo alle difficoltà che avevamo incontrato nel trovare l'ingresso a Taenga, mentre solcavamo il mare color foglia di tè perfettamente al lasco. Quanto mi sarebbe piaciuto avere gli alisei che avevano gonfiato il genoa e la randa di maestra, sbandandoci gradevolmente di dodici gradi nel nostro avvicinamento a Taenga.

Il *Mayaluga* si ingavonò con un lasco perfetto da Raroia all'atollo. Dopo quattro ore, cercai con il binocolo la via d'accesso a Taenga. Non vidi altro che onde gigantesche che si infrangevano sulla barriera corallina che la circondava. Procedemmo parallelamente alla barriera, tenendoci a notevole distanza, e poi virammo di bordo e tornammo indietro.

Alla fine individuai una piattaforma di cemento nel canale, sul lato opposto dei frangenti. Aguzzando gli occhi, notai alcuni fabbricati a un piano e un paio di chiazze di colore acceso che dovevano essere *fare*, abitazioni locali. Molti villaggi degli atolli si trovano all'interno della laguna, ma quello, Taenga, era situato lungo il suo ingresso.

Al nostro terzo passaggio, un indigeno ci venne incontro con un piccolo motoscafo di alluminio. Ci girò intorno, indicandoci di seguirlo. Avremmo preferito attendere la stanca di marea o, addirittura, la bassa marea, ma non volevamo lasciarci sfuggire la possibilità di seguire quel buon samaritano. Mentre ci dirigevamo verso tutta quell'acqua schiumosa, provai una certa apprensione.

«Richard, non so se sia una buona idea.»

«Tami, questo tizio non ci spingerebbe ad entrare se non fossimo in grado di farcela. Coraggio, tesoro. Sarà più semplice di quanto sembri.» Così, mi feci coraggio.

Subito dopo aver girato intorno alla linea dei flutti, vidi il canale. Era rimasto nascosto tra i frangenti. Richard spinse avanti l'acceleratore, mettendo il motore al massimo dei giri. Era l'unico modo per superare la corrente tumultuosa da cinque nodi che ci stava venendo incontro, una corrente abbastanza forte da farci girare di centottanta gradi in un batter d'occhio e trascinarci nuovamente fuori.

Mantenni lo sguardo sulla nostra guida. Non mi ero mai trovata ad affrontare un'entrata così precaria.

Una volta all'interno del canale, lontano dai pericolosi frangenti, togliemmo gas, tenemmo a portata di mano cime di ormeggio e parabordi d'accosto, e ci avvicinammo lentamente al molo di cemento. Due indigeni ci aiutarono con solerzia a ormeggiarci.

Un uomo, il capo villaggio, salì a bordo del *Mayaluga*. Gli chiedemmo in francese il permesso di passeggiare nel villaggio e di raggiungere in barca gli altri *motu*, isolette di sabbia legate tra loro da barriere coralline subacquee che costituiscono gli atolli circolari o a ferro di cavallo. Era felice che gli avessimo chiesto il permesso e cortesemente ce lo concesse. Capendo che non vedevamo l'ora di scendere a terra, sbarcò insieme a noi. Indicò il sentiero e ci fece cenno di procedere per esplorare l'isola. Lo ringraziammo e iniziammo ad attraversare il piccolo villaggio. Potevamo non preoccuparci degli oggetti preziosi che si trovavano a bordo del *Mayaluga* perché il furto è una cosa inconcepibile nelle Tuamotu.

Il villaggio era immacolato. I vialetti, delimitati meticolosamente da coralli triturati e sassi, si snodavano elegantemente intorno al vero e proprio villaggio, diramandosi verso le varie case. In corrispondenza delle residenze i sentieri si restringevano, mantenendosi peraltro ordinati e precisi fino agli irregolari gradini di legno e alle verande inclinate. Camminare e visitare le bellezze locali fu una splendida esperienza.

Tornati sul *Mayaluga* ci staccammo dal molo, sistemando le vele in vista di un vento di prua, e ci dirigemmo verso il lato sopravento dell'atollo.

Grosso modo a metà della laguna, giungemmo in corrispondenza di una testa di corallo decisamente affiorante. Ammainammo tutte le vele e lasciammo che la barca scarrocciasse mentre ci immergevamo con maschera e boccaglio nell'acqua verde-azzurra intorno a quello splendido ecosistema complesso. La sua superficie porosa schioccava, crepitava e scoppiettava di vita mentre vari pesci della barriera e sergenti maggiori schizzavano da ogni parte. Osservammo un pesce pappagallo arcobaleno di oltre mezzo metro – uno dei pesci erbivori corallofagi più grandi – fare i suoi giri. Il mio preferito nella foresta della testa di corallo era il pesce pettine: mi piaceva il contrasto tra la sua tinta fucsia chiaro opalescente e il mare turchese in cui scintillava.

Tonificati dalla nuotata, issammo nuovamente le vele

e facemmo rotta su un *motu* il cui contorno assomigliava a un guscio di tartaruga. Chiamammo l'isoletta Guscio di Tartaruga e ci restammo per qualche giorno. Passai ore e ore a raccogliere conchiglie sul lato della laguna del *motu*. Richard fece windsurf e ci immergemmo un paio di volte con maschera e boccaglio, sempre con il canotto al nostro fianco. In genere, non indossavamo nemmeno il costume da bagno. Era come se fossimo le uniche persone sulla Terra.

Ogni giorno, attraversavamo a piedi il *motu* per esplorare le fantastiche barriere coralline sul lato esposto all'oceano. Ci portavamo i machete lungo le barriere cavernose color terra di Siena, facendo attenzione alla presenza di eventuali murene mentre camminavamo in acque che talvolta ci lambivano le caviglie, lungo lastre curve e pungenti di coralli pietrificati.

Ci correva incontro l'acqua imbiancata dalle onde che si infrangevano sul corallo, acqua che risaliva i nostri stivali per poi venire risucchiata verso il mare e tornare indietro. Quando la marea si ritirava, si udiva il rumore dell'aria risucchiata nei buchi delle parti cave della barriera; nel giro di pochi secondi, i vapori esplodevano nell'aria in gigantesche fontane di acqua salata: splendidi sfiatatoi.

Teste di corallo si profilavano sulla barriera come

sculture gigantesche. Ogni sera, il tramonto le illuminava in controluce, proiettando misteriose sagome nel cielo infuocato. Sull'orizzonte risplendevano luci color ambra e corniola. Ce ne stavamo seduti come totem, immersi nell'ammirazione di quel cielo splendido, in segno di gratitudine per l'ennesimo giorno ben speso.

Abbandonammo Guscio di Tartaruga in tempo per approfittare della stanca di marea fuori dall'accesso di Taenga e, cinque ore dopo, gettammo l'ancora nella laguna dell'atollo di Makemo, nei pressi del suo villaggio. Non passò molto prima che udissimo i bambini gridare e sguazzare nell'acqua verso il *Mayaluga*. Quando raggiunsero la barca, scorgemmo una ventina di volti sorridenti, di età compresa tra i cinque e i dodici anni, che si tenevano a galla nell'acqua sotto di noi. Li invitammo tutti a bordo e non esitarono ad arrampicarsi sulla scaletta. Non c'era la minima traccia di timidezza in loro. Corsero sulla coperta, chiacchierando con entusiasmo. Mostrai gli interni del *Mayaluga* a gruppi di tre o quattro e spiegai che la nostra *pahi* (barca) era la nostra *fare*. Quando fummo pronti a scendere a terra, i ragazzini saltarono in acqua e raggiunsero la riva a nuoto, facendo a gara con noi quando Richard finse di remare sempre più forte per batterli. Vinsero loro.

Aiutati dai nostri piccoli amici, tirammo il canotto

sulla spiaggia e lo legammo a una *nui*, una palma da cocco.

Uno dei ragazzini più grandi si offrì di portarci alla coltivazione delle perle. Lungo il tragitto a piedi, ammirammo le pittoresche abitazioni multicolori, con tanto di vivaci tende fiorite tahitiane appese alle finestre. La flora intorno alle case era altrettanto vivace. Makemo sembrava più ricco di piante e di fiori degli altri atolli che avevamo visitato.

Quello adibito alla coltivazione delle perle era un edificio a un piano dotato di un pontile di lastre di cemento su palafitte. Entrammo e notammo un ometto asiatico con un camice bianco da laboratorio impegnato a osservare una gigantesca *naka*, un'ostrica perlifera, con una lente di ingrandimento. Reggeva due strumenti lunghi e sottili la cui estremità culminava in un cucchiaino. Con uno raccoglieva quella che sembrava sabbia e con l'altro un attivatore gelatinoso, trasparente. A quanto pareva, sistemando le due cose dentro la *naka*, si concepisce la preziosa perla nera polinesiana. Entrò un secondo uomo, raccolse le conchiglie di madreperla appena nucleate e le portò al centro di nidificazione delle conchiglie, in un punto imprecisato della laguna.

Passammo una notte limpida e mite a Makemo. Quella sera, seduta con Richard nel pozzetto, mi sentii in pace e serena. Il cielo luccicava di stelle tutt'intorno alla luna illuminata per più di metà. Tenendo la mano destra puntata verso la luna, cercai di accarezzare l'insigne guancia destra della vecchia signora. *Ah, già, luna crescente quando la parte piena sta perfettamente nella mia mano destra.*

«Pensi che un mese a Tahiti ci possa bastare?»

«Non lo so. Ci ho pensato anch'io» ammise Richard. «Mancano solo venti giorni alla ricorrenza della presa della Bastiglia.»

«Non vorrei perdermi i festeggiamenti di Tahiti nel giorno della presa della Bastiglia, ma non vorrei nemmeno perdermi le corse delle canoe davanti al lungomare. Pensi che la banchina sarà piena di gente?»

«Sì» risposi.

«Davvero?»

«Ogni marinaio dei dintorni partecipa ai festeggiamenti per la presa della Bastiglia» dissi.

Richard tenne la mano destra puntata verso la luna. «Sarà piena entro una settimana. Forse dovremmo partire domani per Papeete.»

«Sei pronto per la grande città?» lo provocai.

«Sono pronto per un bel pasticcio di manzo e rognoni.»

«Non sono sicura che tu lo possa trovare a Papeete.»

«Di certo potrò trovare tutti gli ingredienti necessari per prepararlo.»

«Non ne dubito. Anzi, penso che a Papeete tu possa trovare più cose di quante ne abbia mai immaginate» dissi, ridendo.

«Bene. In tal caso, si parte domani?»

«Domani sia.»

15

IN PIENO GIORNO

Nel trentaquattresimo giorno da quando ci eravamo rovesciati, con circa 240 miglia ancora da percorrere, mi stavo gustando l'ultima scatoletta di sardine quando, all'improvviso, una nave spuntò dal nulla. Gettando a terra il cibo, schizzai in piedi per prendere i razzi di segnalazione. Ero talmente agitata che inciampai nel pozzetto e caddi, rischiando di rompermi una gamba. Zoppicai fino al contenitore a tenuta stagna in cui conservavo la pistola lanciarazzi e i bengala e ne strappai il coperchio. Afferrai la pistola carica, la sollevai in aria ed esplosi un colpo. *BAM!*

«Sono a casa! Sono quasi a casa! Oddio, cosa dirò? Chissà se sono americani» farfugliai mentre caricavo un altro razzo e lo sparavo.

Calmati, ragazzina. Non sei ancora a casa.

BAM! Partì un secondo razzo. «Oh, sì, invece. Ecco! La nave mi ha vista.» Sembrava che la nave avesse modificato la rotta per venirmi incontro. Corsi nuovamente alla ruota del timone, raccolsi il pareo e lo indossai. Presi il contenitore dei bengala e il remo su cui avevo legato la maglietta rossa, e mi misi a sventolarlo, danzando. *Stasera sarò alle Hawaii. L'Eden degli stranieri. Lavata e pulita. Niente più paure.*

«EHI, UN ATTIMO!» gridai.

Lasciai cadere il remo e sparai un altro bengala. Dopodiché, sparai in rapida successione due bengala con il paracadute.

«NON POTETE ANDARVENE. PERCHÉ VE NE STATE ANDANDO?» urlai verso la sagoma lontana della nave. «Cosa posso fare? Devo fermarli.»

Trovai lo specchio nella chiesuola dell'albero di mezzana e, con l'ausilio del sole, iniziai a inviare dei segnali luminosi.

La nave non aveva mai modificato la propria rotta; doveva essere stata un'illusione ottica o, semplicemente, si era trattato del mio forte, fortissimo desiderio di essere trovata.

Non potei fare altro che percorrere a passo pesante la coperta e imprecare: «MALEDIZIONE! È UNA FOLLIA. SONO QUI, IN PIENO GIORNO, E NON MI VEDETE NEMMENO. STUPIDA NAVE! NON AVETE VISTO QUEGLI STUPIDI BENGALA?». A quel punto afferrai la maniglia del winch e colpii il boma fino a esaurire le energie. Lasciai cadere la maniglia, poi raccolsi la scatoletta di sardine semivuota e la gettai in mare. Crollai nel pozzetto, singhiozzando.

«È una follia. Io sono folle.»

Non sei folle.

«INVECE SÌ» gridai, rivolgendomi al cielo.

Hai semplicemente venduto la pelle dell'orso prima di averlo ammazzato.

«Pensavo che mi avessero vista.»

Sì, hai ragione, avrebbero dovuto vederti. Tieni duro, tesoro. Sei quasi arrivata.

Per quanto lo stessi pensando non potevo dirlo ad alta voce, altrimenti la Voce mi avrebbe annichilito. Eppure rimpiangevo di aver lasciato Tahiti. Sapevo che quel pensiero era del tutto inutile, ma non riuscii a non formularlo. L'odore umido della salsedine mi pungeva le narici. Quanto tempo sarebbe passato prima che sentissi nuovamente il profumo della terra? Il terriccio profondo, scuro, dall'aroma acre e piccante. Mi venne in mente la prima volta in cui Richard e io avevamo visto i vulcani delle Isole della Società e quando, avvicinandoci a Tahiti, il vento aveva portato con sé quella fragranza.

«Richard, sento l'odore della terra. Lo senti anche tu?»

Lui fiutò l'aria profondamente e sorrise. «Hai ragione,

amore. Non avevo mai pensato che la terra dei vulcani potesse avere un odore così dolce, così florido.»

«È per via di tutti quei fiori. I gelsomini rossi e la gardenia prosperano nel clima umido. Sono i fiori dell'amore, sai? Ti prenderò una *lei*,[3] amore.»

«Mi piacerebbe tanto una *lei*, amore.»

L'attesa del trambusto di Tahiti dopo tutto il tempo che avevamo trascorso in villaggi remoti fu eccitante. L'idea di raggiungere l'isola e dei piccoli svaghi che prospettava, per esempio andare al *bureau de poste* a prelevare la posta e mangiare hamburger e patatine fritte, ci stuzzicava. Telefonare a casa sarebbe stato un privilegio. Non vedevo l'ora di sentire gli ultimi pettegolezzi su chi stesse facendo cosa con chi e quanto tutti avvertissero la nostra mancanza. Ma la prima cosa da fare sarebbe stato passare la dogana. Non faceva alcuna differenza che lo avessimo fatto a Hiva Oa, tre mesi prima. Tahiti non fa parte del gruppo delle Isole Marchesi o dell'arcipelago delle Tuamotu; è una delle Isole del Vento, che rientrano tra le Isole della Società. La Polinesia francese comprende questi tre gruppi di isole.

Nel momento in cui entrammo nel porto di Papeete, il nostro mondo cambiò. Gas e fumi di scarico dei diesel

---

[3] La tipica ghirlanda di fiori hawaiana. (*N.d.T.*)

permeavano l'aria. Intorno a noi c'era grande movimento. Girammo un po' per orientarci e calammo la lancia in acqua. Poi, dopo aver scelto un punto lungo la banchina d'attracco, lo occupammo in retromarcia, sistemando il *Mayaluga* accanto alle altre barche.

«*Ahoy, Mayaluga*» gridò una voce entusiasta dal molo. «Com'è stato il vostro viaggio?»

«Fantastico» gridò Richard a Jean Pierre, il proprietario del *Rashaba*, uno sloop d'acciaio che ospitava una famiglia di quattro persone che avevamo incontrato nelle Isole Marchesi.

Una volta spente le apparecchiature elettroniche e riposta l'attrezzatura velica, prendemmo i passaporti e i documenti della barca, tirammo la cima di ormeggio poppiera e saltammo a riva.

La strada asfaltata, il Boulevard Pomme, correva parallela al molo. Il frastuono delle automobili, dei motorini, delle biciclette e delle persone ci intimidì parecchio, ma, al tempo stesso, ci eccitò.

«Santo cielo» disse Richard. «Questo posto è immerso nel caos.»

L'ufficio della dogana era a due passi. Entrammo e consegnammo i passaporti al funzionario dall'aria austera. Tutti i nostri documenti personali e le carte del *Mayaluga* erano a posto, il che indicava che eravamo in regola con i depositi doganali. Quella procedura fu, come sempre, una bazzecola. Ora avevamo una gran fame.

Il viale era una successione su entrambi i lati di *roulettes*, camioncini, food truck specializzati in determinati cibi. Attraversando la strada, non sapevamo bene da quale iniziare. C'erano crêpes, noodles con verdure saltate in padella, pollo con riso, gelati e hamburger, oltre che bistecche e patatine, shish kebab e via discorrendo.

«Che profumo!» esclamai. «Comincerò con una *brochette*.»

«Cosa sarebbe una *brochette*?»

«Uno shish kebab.»

«Fantastico, direi. Ma io ho una voglia matta di una bistecca.» Richard sorrise e si leccò le labbra.

Presi uno shish kebab, una crêpe e un cono gelato gusto menta e gocce di cioccolato. Richard mangiò il doppio di me. Alla fine, ci sentivamo più che sazi.

All'ufficio postale spedimmo le lettere che avevamo scritto durante il viaggio verso Papeete da Makemo e ne ritirammo otto che erano state recapitate al nostro indirizzo di fermo posta. Elettrizzati da tutte quelle missive, decidemmo di telefonare a casa solo l'indomani, dopo averle lette a bordo del *Mayaluga*, dove ci saremmo rilassati.

Al supermercato comprammo dei cracker al sesamo,

oltre che dell'ottimo brie dai numerosi scaffali di formaggio fresco, e Richard individuò un Merlot che secondo lui mi sarebbe piaciuto un sacco. Nel tragitto di ritorno alla barca, ci fermammo al mercato all'aperto per acquistare dei pomodori, una cipolla rossa e qualche mela.

Dopo esserci rilassati nel pozzetto sorseggiando il delizioso Merlot fruttato, aprii la prima delle due lettere di mia mamma. Tramite alcuni amici aveva conosciuto un uomo, Brian, con il quale aveva tante cose in comune, mi diceva, perché anche lui lavorava sulle barche, solo che si occupava di riparazioni meccaniche ed elettriche. Aggiungeva che l'attività di lucidatura in cui mi aveva sostituita procedeva alla grande.

La sua seconda lettera era stata spedita a due settimane di distanza dalla prima. Lei e Brian stavano progettando un viaggio a Catalina sulla nave di lui. Scriveva: *Potrebbe essere quello giusto*. Ero felice per lei.

Richard aprì una lettera di sua sorella Susie e poi una di suo papà. La sorella si augurava che stessimo bene e che non fossimo talmente distratti dal nostro amore da commettere errori nautici, il padre scriveva che controllava l'atlante quotidianamente per visualizzare il viaggio del *Mayaluga*. Sperava che avessimo trovato dei venti buoni e che non fossimo rimasti bloccati troppo a lungo nelle zone delle calme equatoriali. Voleva che il figlio lo chiamasse non appena fossimo giunti a Tahiti. Richard sorrise, ripiegò la lettera e la mise via.

La lettera di mio papà diceva che il mio fratellino cresceva a vista d'occhio e che Carolyn, la mia matrigna, aveva il suo bel daffare a star dietro alla piccola peste. Aggiungeva che le onde erano state fantastiche e che aveva fatto un po' di surf nei giorni di riposo dal corpo dei vigili del fuoco.

Riconobbi la lettera dei miei nonni grazie alla calligrafia perfetta della nonna. Parecchia gente del Midwest era andata a far loro visita, scriveva: la California piaceva a tutti per via del clima splendido. Speravano che la navigazione fosse stata agevole e mi diceva di farle una telefonata a carico del ricevente non appena avessi trovato un telefono. Nel post scriptum aveva aggiunto: *Salutaci Richard*.

Anche Dan, il tizio con cui avevo effettuato la consegna dello yacht da competizione a San Francisco, ci aveva scritto, insieme alla moglie Sandra. Richard la aprì subito dopo. Erano invidiosi e avrebbero preferito essere nella Polinesia francese invece che a San Diego. Avevano deciso di trasferirsi nel deserto.

«Nel deserto?» chiesi a Richard mentre leggeva.

«È quello che ha scritto quel vecchio scemo. Dice che apriranno un negozio di occhiali da sole.»

Scoppiammo a ridere. In effetti vendere occhiali da sole nel deserto era sensato.

Il giorno dopo telefonammo a casa. Furono tutti felici di sentire le nostre voci, così come noi fummo felici di sentire le loro. Nulla riscalda il cuore quanto riallacciare i contatti. La nonna mi disse che stava preparando del pudding di pane al cioccolato per il nonno e io avrei potuto giurare di avvertirne il profumo.

Passammo diversi giorni all'attracco, accanto ad altri yacht. Ogni mattina andavamo a controllare se c'era posta o per spedirne. Passavamo ore al mercato all'aperto, acquistando frutta e verdura fresche, desiderando un assaggio di ogni cosa e sapendo che non saremmo mai riusciti a mangiare tutto. Compravamo addirittura fiori per il tavolo del *Mayaluga*.

E che emozione acquistare blocchi di ghiaccio e consumare latte freddo e cereali con tanto zucchero al mattino. Adoravo l'odore che usciva dalla ghiacciaia quando aprivo il coperchio, l'aria gelida che mi pungeva le narici. Il ghiaccio era un lusso e, come sa bene qualsiasi marinaio che non disponga di un frigorifero, non era affatto una cosa scontata!

Un paio di barche che Richard e io avevamo incrociato alle Isole Marchesi erano agli ormeggi lungo la banchina: il *Fleur d'Écosse*, di Anne e Ronald Falconer, e lo

Skylark, di Phil e Betty Perish. Ogni volta che un capitano e il suo secondo erano dell'umore giusto, invitavano gli altri marinai a mangiare un boccone sulla loro barca. Al che si materializzavano *bonnes bouches*, leccornie, insolite, e le storie di mare si trasformavano in improbabili leggende.

Ogni sera, sul lungomare, venivano calate in acqua le grandi canoe che dovevano far pratica in vista della gara del giorno della Bastiglia. C'erano squadre maschili e femminili, oltre a una squadra per la staffetta. Le canoe ospitavano dodici vogatori ciascuna. Richard e io ce ne restavamo seduti nel pozzetto a osservare i loro allenamenti nel porto e, una sera, lui chiese di poter fare un giretto, se c'era posto per un uomo in più. Il posto c'era e, quando lo fecero scendere, era esausto. «Sono fortissimi, amore. Hanno una resistenza mai vista prima.»

Qualche giorno prima della celebrazione della presa della Bastiglia, la città pulsava di energia. Arrivarono concorrenti da tutta la Polinesia francese, così come venditori ambulanti che allestirono stand per la vendita di cibi della loro cucina locale.

La musica accompagnò l'alba del giorno della Bastiglia. Tutti gli artisti e i mercanti erano pronti nella piazza, impazienti di vendere trapunte fatte a mano, quadri, sculture, *tapas*, cesti, gioielli e cibo.

Si svolsero corse con i sacchi e corse di cavalli e per tutta la giornata si tennero gare di danza tradizionale polinesiana. Richard e io acquistammo i biglietti per le tribune da cui assistere al concorso di ballerini che si esibivano in tutto il mondo. Ognuno dei loro costumi era diverso: da gonne di fronde di palma, pon-pon e copricapi a pon-pon, a reggiseni di bikini e cinture ornate da motivi complessi di conchiglie e perline. Altre ballerine indossavano corone di conchiglie e parei con ghirlande di fiori sui reggiseni dei bikini e fiori tra i capelli. I ballerini erano immancabilmente sexy e al tempo stesso eleganti, e con le mani comunicavano un messaggio stuzzicante. Il tamouré, una danza tahitiana, era particolarmente sensuale: gli uomini agitavano le ginocchia e le donne ancheggiavano, ballando sempre più vicini gli uni alle altre.

Alla fine, Richard e io raggiungemmo il lungomare per goderci le regate delle canoe. Migliaia di persone si erano assiepate per fare un tifo forsennato per le squadre del cuore e noi ci unimmo a loro, acclamando la squadra che Richard aveva accompagnato nel suo giretto in canoa.

A un certo punto fummo raggiunti dai nostri amici degli altri yacht. Restammo seduti a bere e a osservare tutte quelle persone diverse che ci passeggiavano accanto. Ci divertimmo, facendo le ore piccole. Le celebrazioni si conclusero più o meno quarantotto ore dopo il giorno della Bastiglia: i tahitiani sanno davvero come si fa festa.

Svegliandomi dal mio sogno tahitiano presi un respiro profondo, fiutando l'aria, e scrutai la scia della nave ormai lontana che aveva superato l'orizzonte senza scorgermi. Decisi che non mi importava di ciò che pensava la Voce, ovvero che avevo venduto la pelle dell'orso prima di averlo ammazzato. Mi alzai in piedi e gridai, come un'ossessa: «NON SAREMMO DOVUTI PARTIRE DA TAHITI. MI SENTI, RICHARD? NON-AVREMMO-MAI-DOVUTO-LASCIARE-LA-TERRAFERMA!».

SPERO-CHE-ORA-TU-TI-SENTA-MEGLIO, disse la Voce sapientona.

16

L'*HAZANA* E MAEVA BEACH

Ero irrequieta. Ripensare all'eccitazione del giorno della Bastiglia a Tahiti e a quanto ci fossimo divertiti mi aveva lasciato la sensazione di essere un animale in gabbia a bordo dell'*Hazana*. Non potevo fare altro che camminare su e giù per la coperta. Cercai di respirare a fondo per calmarmi e rilassarmi, ma inalai soltanto aria pungente, ricca di salsedine, un odore che ora mi dava la nausea. Il mio umore non si addiceva certo all'andatura lenta della barca, un nodo all'ora in quel vasto mare.

Tami, sii sincera con te stessa: ricorderai che tu e Richard non vedevate l'ora che i festeggiamenti terminassero.

«Sai una cosa, Voce? Non volevo che terminassero, volevo solo un po' di pace e quiete, ma è una cosa ridicola.»

Dopo tutti i festeggiamenti nel giorno della presa della Bastiglia, Richard e io finimmo per trovare insopportabili il frastuono e il traffico incessanti davanti alla banchina. Ci eravamo divertiti a sufficienza e ci mancava la nostra intimità. Troppo spesso qualcuno gridava: «*Ahoy, Mayaluga*» dalla banchina oppure si presentava su una barca a remi e bussava sullo scafo, chiedendoci il permesso di salire a bordo.

Decidemmo di raggiungere l'ancoraggio tranquillo di Maeva Beach. Per quanto lì sorgesse un albergo enorme, sapevamo che sarebbe stato comunque un posto più intimo rispetto al molo.

Quando facemmo il nostro ingresso a Maeva Beach, vedemmo una decina di barche agli ormeggi. Gettammo l'ancora ed entrambi tirammo un bel sospiro, mentre la tranquillità ci avvolgeva.

Poco dopo il nostro arrivo, a Richard venne chiesto di riparare una barca dallo scafo in ferrocemento, simile a quello del *Mayaluga*. Siccome gli piaceva tenersi indaffarato e rimpinguare i nostri fondi ogni volta che se ne presentava l'occasione, accettò al volo. Mentre era al lavoro, io verniciai gli interni del *Mayaluga* e lucidai le parti metalliche.

Un giorno, raggiungendo a remi il posto in cui lavorava, Richard notò una barca nuova nella baia. Batteva bandiera britannica e si chiamava *Hazana*. Si avvicinò e salutò i proprietari; disse che il *Mayaluga*, l'altra barca britannica presente nella baia, era sua, e scoprì che Peter e Christine Crompton erano di Southampton, in Inghilterra, il che significava che erano praticamente vicini di casa della famiglia di Richard in Cornovaglia.

Un tardo pomeriggio i Crompton ci invitarono a bere qualcosa. Mentre ci avvicinavamo in barca a remi all'*Hazana*, restai molto colpita dalle sue linee e dalle sue dimensioni. Era uno splendido Trintella da tredici metri e mezzo, un ketch progettato da van de Stadt e costruito da Anne Wever in Olanda. Richard mi presentò a Peter e Christine, che ci mostrarono gli interni dell'*Hazana*, arredati come un albergo a cinque stelle rispetto al nostro *Mayaluga*. I Crompton erano una coppia molto interessante, sulla cinquantina inoltrata, cordiali e per nulla pretenziosi. Peter ci preparò un giro di drink e noi ci sedemmo nello spazioso pozzetto a goderci gli stuzzichini preparati da Christine. Richard e i Crompton scoprirono di avere alcuni conoscenti in comune. Ci godemmo davvero la visita.

Qualche giorno dopo, i Crompton ci invitarono a cena da loro. Con grande soddisfazione di Richard, Christine aggiunse un tocco britannico alla cena polinesiana con un chutney di mango fatto in casa. Dopo aver mangiato, Christine disse che suo padre era malato e che stavano pensando di tornare in Inghilterra. Peter si chiese se ci fosse qualche probabilità di trovare un equipaggio disposto a trasferire l'*Hazana* in California, dato che per loro sarebbe stato più comodo andare e venire dagli Stati Uniti quando avessero voluto far visita al padre di Christine. Capimmo che ci stavano chiedendo se quell'incarico poteva interessarci. Si informarono sulle nostre esperienze in mare e noi spiegammo ciò che avevamo fatto separatamente e insieme. Furono molto sorpresi di scoprire che Richard e io avevamo percorso, in totale, oltre 50.000 miglia in mare.

Tornati sul *Mayaluga*, Richard mi domandò cosa pensassi dell'incarico di consegnare l'*Hazana*. Inizialmente, la cosa non mi interessava: eravamo partiti solo da qualche mese e non ero pronta a tornare negli Stati Uniti. Volevo proseguire nel nostro viaggio e raggiungere la Nuova Zelanda, prima di tornare a casa dai miei.

Richard, però, disse a Peter che avremmo potuto essere interessati a portare l'*Hazana* a San Diego, dipendeva dall'onorario. I due si incontrarono nuovamente e discussero dei termini del viaggio di consegna dell'*Hazana*. Quando Richard tornò e mi disse che avremmo ricevuto 10.000 dollari e i biglietti aerei – da San Diego all'Europa e ritorno, e poi da San Diego a Tahiti – provai un immediato interesse per quell'incarico. Sembrava davvero troppo vantaggioso per rinunciarvi: con quella cifra avremmo potuto navigare a lungo e, dato che non ero mai stata in Europa, la prospettiva di trascorrere il Natale in Inghilterra mi eccitava. Ai Crompton piaceva l'idea di tornare a bordo dell'*Hazana* a Natale, il che significava che l'imbarcazione non sarebbe rimasta incustodita una volta giunta negli Stati Uniti. Dopo l'Inghilterra, Richard e io saremmo potuti volare a San Diego e poi tornare al *Mayaluga*, a Tahiti, per riprendere il viaggio verso la Nuova Zelanda. Cosa poteva mai essere un investimento di quattro mesi delle nostre vite? Accettammo l'incarico.

Peter e Christine prenotarono i biglietti aerei per tornare a casa. Un paio di giorni prima della loro partenza, esaminammo l'*Hazana* insieme a loro. Christine mi spiegò il funzionamento della cucina di bordo, mostrandomi dove erano riposti i vari utensili e dove erano conservate le scorte alimentari. Peter fece vedere la sala macchine a Richard, illustrandogli le peculiarità dell'*Hazana* e le sue preferenze personali su come trattare il motore e le apparecchiature elettroniche.

Il giorno seguente, tornammo a bordo e passammo in rassegna l'attrezzatura di coperta, le vele e il sartiame. Si trattava di un'imbarcazione sofisticata, dotata di rollafiocco, winch self-tailing, winch elettrici nel pozzetto per le scotte e un vang idraulico del boma. Iniziai a entusiasmarmi all'idea del nostro viaggio verso nord a bordo di quella barca di ottimo livello. Peter strinse calorosamente la mano di Richard quando gli consegnò le chiavi dell'*Hazana* e disse: «Buona traversata. Non correte rischi».

«Non preoccuparti, tratteremo la barca come se fosse nostra» lo rassicurò Richard, sorridendo.

I Crompton erano pronti a partire: i loro bagagli erano sistemati sopra un sedile-armadietto. Richard aiutò Peter a caricare le borse sulla lancia a motore, con la quale guadagnarono la riva, e poi li seguimmo con la nostra barca a remi. Una volta a terra, ci scambiammo un abbraccio di saluto e una promessa: «Ci si vede a San Diego». I Crompton partirono per l'aeroporto.

Richard e io tornammo di corsa in spiaggia, dove erano ormeggiate le lance. Afferrai la cima della lancia dei Crompton prima di Richard. Notando la delusione sul suo viso, dissi: «Scherzavo», scambiando le cime con lui. Sapevo che aveva una gran voglia di provare il gommone e il suo motore fuoribordo da quindici cavalli.

I nostri amici Antoinette e Haipade accettarono di tenere d'occhio il *Mayaluga* mentre noi eravamo impegnati a condurre l'*Hazana* a San Diego. Erano una coppia che avevo conosciuto la prima volta in cui ero stata nel Pacifico meridionale. Haipade ci consigliò di lasciare il *Mayaluga* agli ormeggi nella piccola baia di fronte alla loro casa di Mataiea. La baia poteva ospitare solo un paio di barche e lì il *Mayaluga* sarebbe stato al sicuro durante la nostra assenza.

Richard tracciò la rotta da Maeva Beach alla baia privata e sincronizzò il tempo del nostro ingresso con il momento di calma dell'alta marea. Mentre doppiavamo il capo, zigzagammo all'interno della sottile fessura del canale.

Richard prestò particolare attenzione nel gettare l'ancora. Togliemmo tutte le vele e le riponemmo sottocoperta. Poi lui spurgò la pompa dell'acqua potabile e il water, e chiuse le valvole sulle prese a mare.

Dalla lancia, osservai Richard chiudere il tambuccio scorrevole del *Mayaluga*. Diede un paio di colpetti sulla sommità del tambuccio e disse: «Torneremo presto, amore». Dopodiché, scese sulla lancia, sciolse la cima e remò fino a riva.

A bordo dell'*Hazana* sembrava di essere nella suite da luna di miele di un Hilton. Era dotata di acqua calda corrente pressurizzata per la doccia e di due bagni. La cucina di bordo era il paradiso di un grande chef, con un sacco di spazio sottocoperta in cui muoversi. Aveva, inoltre, un'ampia coperta di prua e di un pozzetto gigantesco, per non parlare degli ultimi ritrovati in campo elettronico.

Ci approvvigionammo a Tahiti in vista dei trenta giorni di traversata verso San Diego. Restavano ancora un po' di provviste dei Crompton, oltre che tutte le scorte che ci eravamo portati dal *Mayaluga*. Ma, ora che disponevamo di un frigorifero, potevamo permetterci di acquistare qualche prelibatezza in più.

Quel pomeriggio, Richard tornò sull'*Hazana* con una grossa scatola rettangolare dall'incarto riccamente decorato.

«Che cos'è?» chiesi, incuriosita.

«Apri e guarda.»

«Pensi che sia il mio compleanno?»

«No.»

«Un anniversario?» Rabbrividii per l'imbarazzo, passando mentalmente in rassegna il mio calendario personale.

«No.»

Tirai il nastro scarlatto e la scatola si aprì leggermente. Dopo aver sollevato il coperchio, qualcosa di colore verde luccicò sotto la sottile carta avorio. Scostai la velina ed estrassi un abitino provocante dalle spalline sottilissime. «Per me?»

«Ti piace?»

«È stupendo» dissi felice, stringendomi l'abito addosso. Era un abito di seta verde acqua stretto in vita che terminava al ginocchio. «Ma perché?»

«Perché sei quella che sei» disse semplicemente. Notò la mia confusione e aggiunse: «L'ho visto addosso a un manichino in una vetrina. Era identico a te, capelli biondi lunghi fino alla vita, occhi verdi come il vetro e un corpo perfetto. Sapevo che era fatto per te».

Arrossendo dissi: «Sei incredibile», e gli gettai le braccia al collo, soffocandolo di baci.

«Forza, andiamo a darci una lavata. Ho prenotato un tavolo per cena al Le Belvedere. Ci andiamo a piedi o prendiamo un taxi?» chiese.

«Le Belvedere. Wow! Andiamoci a piedi. Voglio sfoggiare il mio abito nuovo.»

La calura del tardo pomeriggio saliva in volute dal fondo stradale. Restammo all'ombra, nel limite del possibile, godendoci la brezza delicata che soffiava sulla nostra pelle. Mi sentivo stupenda nel mio abito nuovo. Entrammo in una valle e procedemmo lungo un canyon dalla vegetazione lussureggiante che vantava ogni sfumatura di verde mai creata.

La veranda coperta del ristorante si affacciava su un canyon spettacolare, ricco di alberi, arbusti e fiori esotici. Il mare agitato e schiumoso si estendeva in lontananza.

La cena fu deliziosa, con molta crema e burro di cocco. Quando il tavolo fu sgombro, Richard si protese verso di me e mi prese una mano. Lo osservai accarezzarmi le dita e poi lo guardai negli occhi, vedendo la sua espressione sincera.

«Ti amo con tutto il cuore, Tami. E voglio stare con te in eterno.»

«Lo spero» risposi sorridendo, vagamente in imbarazzo mentre mi domandavo il senso di quella confessione.

«Mi vuoi sposare?» disse all'improvviso, facendomi scivolare un anello bianco di filo intrecciato su un dito.

«È bellissimo. L'hai fatto tu?»

«Sì. Quando saremo di ritorno negli Stati Uniti, te ne regalerò uno vero. Quello che vuoi.»

Scossi la testa. «Nulla potrà mai essere più prezioso di questo.» Mi salirono le lacrime agli occhi.

«Che c'è? Non vuoi sposarmi?»

«Sì... sì, voglio sposarti. Ti sposerei in quest'istante.»

«Ehi, Tami. Per un minuto ho pensato che stessi per dirmi di no.»

«No? Sei pazzo? Sarei pazza io a dirti di no.»

Tornammo all'*Hazana*, fermandoci per goderci qualche bacio lungo e appassionato. Gli chiesi come sarebbe suonato il mio nuovo nome: signora Sharp. Richard disse: «Perfetto».

Tornati a bordo dell'*Hazana*, mettemmo della musica lenta e ballammo per un po', abbracciati. D'un tratto mi sentii donna, non più ragazza. Una donna che presto sarebbe stata una moglie. L'amore cullò l'*Hazana* quella notte.

L'*Hazana* era pronto a partire e anche noi lo eravamo. Non restava altro da fare e valutammo la possibilità di lasciare Tahiti in anticipo in vista della traversata verso la California. Avevamo studiato con attenzione i bollettini meteorologici: non erano previste tempeste e, dunque, pensavamo che il clima non ci avrebbe sorpresi. Stimammo di poter procedere in fretta dall'emisfero meridionale a quello settentrionale e, siccome avevamo superato la metà della stagione degli uragani e la probabilità di una tempesta in quel periodo dell'anno era statisticamente bassa, decidemmo di partire. Ci sentivamo indistruttibili: sapevamo che il nostro amore avrebbe potuto sconfiggere qualsiasi cosa.

Abbandonammo Moorea e tornammo a Papeete per fare il rabbocco al carburante e alla scorta d'acqua, e per riempire le bombole di propano. Partimmo da Papeete alle 13.30 del 22 settembre. Siccome il *Mayaluga* sarebbe rimasto a Tahiti e noi saremmo stati di ritorno nel giro di quattro mesi, i nostri depositi doganali restarono dov'erano. Prendemmo il largo alla volta dell'America.

17

BACCHETTE LUMINOSE E FRAPPÈ

Trentacinquesimo giorno. Stimai che 145 miglia mi separavano dalle Hawaii. Iniziavo a vedere oggetti alla deriva, segni della presenza umana come bottiglie di bibite in plastica, un telone lacero, infradito e un galleggiante di polistirolo.
 Utilizzavo l'alimentazione a batterie solo di notte per illuminare le due bussole del pozzetto, una nella chiesuola della ruota del timone e l'altra sulla paratia. Una delle due batterie dell'*Hazana* era stata proiettata fuori dal suo involucro di plexiglas durante il rovesciamento ma, per puro miracolo, era atterrata sul lato giusto, senza subire danni. Se fosse caduta in maniera diversa, con ogni probabilità sarei rimasta ustionata gravemente, forse addirittura prima di riprendere i sensi, in modo fatale dall'acqua contaminata dall'acido. Anche l'altra batteria, ancora nel suo involucro, non aveva subito danni.

Quando la prima batteria esaurì la carica passai alla seconda, ben sapendo che avrebbe potuto scaricarsi prima che io raggiungessi la salvezza. Per non consumarla, cominciai a usare delle bacchette luminose da campeggio che avevo trovato facendo le pulizie sottocoperta.

Quella sera, spezzai la prima. La luce verde lime si attivò magicamente nella mia mano. Mi fece venire in mente quando da bambina andavamo in spiaggia di notte per vedere la corsa degli snelli grunion color argento. Le onde spingevano i pesci a riva e noi correvamo su e giù lungo la battigia bagnata agitando le bacchette luminose come i pirati brandiscono le spade.

Talvolta, mi allontanavo di soppiatto dagli altri bambini e mi nascondevo accanto al pontile, ai margini dell'acqua.

Lasciavo che i piedi affondassero nella sabbia, immaginando che si trattasse di sabbie mobili, finché non avvertivo il bordo duro della chela di un granchio di sabbia. A quel punto mi ritraevo di scatto e me la davo a gambe, gridando con tutto il fiato che avevo: «ARRIVANO I GRANCHI. ARRIVANO I GRANCHI!». Superavo più velocemente possibile gli altri bambini, che si mettevano a gridare e a correre a loro volta.

Reggendo la bacchetta luminosa in alto, verso la notte

priva di stelle, iniziai a scrivere nel cielo. Scrissi il nome di Richard più e più volte. Scribacchiai una *R* ondulata e feci uno svolazzo alla fine della *D*.

Di fronte alla prua, con la bacchetta dritta davanti a me, ordinai: «Amore... vieni». E, lentamente, mi avvicinai la bacchetta al cuore. Voltandomi a dritta, me la strinsi al petto e ripetei l'ordine: «Vieni». Sentendomi rinfrescare la guancia sinistra dal vento, controllai la bussola e modificai la rotta di un grado. Tornai sui miei passi, verso la poppa, e dissi, con voce profonda: «Richard, lascia che il tuo spirito venga da me». Girandomi elegantemente a sinistra, allungai il braccio destro al massimo e poi mi portai di nuovo la bacchetta al cuore, ripetendo il mantra: «Vieni».

Posai la bacchetta luminosa sulla sommità della chiesuola. Diedi un'occhiata alla rotta e girai la ruota di un paio di gradi. In preda a una sensazione di onnipotenza, aumentai le mie pretese: «Portami un frappè. Devi sceglierlo tra i trentuno gusti di Baskin-Robbins, sai, e deve essere al gusto menta e gocce di cioccolato». Quel desiderio prese il sopravvento e l'incantesimo si ruppe. «Oh, cosa non darei per un frappè.»

Smettila. Non essere ridicola. Sai che non puoi avere un frappè.

«Tu non hai mai avuto voglia di un frappè?»

Certo che sì. Ma questa fantasia è inutile.
«Forse non sei dotata di immaginazione...»
Forse non mi va di farmi venire voglie inutili.
Scoprii che la Voce non aveva il senso dell'umorismo. Finsi di bere il mio frappè al gusto menta e gocce di cioccolato. «Mmm. Oddio, com'è buono. Mmm. Il senso di freschezza che la menta mi trasmette è quasi insopportabile.»
Fresca?
«Freschissima.»
La Voce esitò. *Me lo fai assaggiare?*
«Spiacente, è finito» dissi, gettando in mare il bicchiere invisibile.
Peccato...
«La prossima volta faresti bene a cogliere la gioia di una fantasia.»

Nei giorni seguenti, il vento si fece imprevedibile. Maledissi il diavolo per questo.
Non permettere al diavolo di entrare nei tuoi pensieri, Tami, disse la Voce.
«Perché, hai paura del diavolo?»
Solo gli stolti non hanno paura del diavolo.
Mi sentii percorrere da un brivido. «A cosa dovrei pensare?»

Pensa alla tua destinazione.

Poi, il trentottesimo giorno, con il sole che ardeva in cielo, non riuscii più a restare sottocoperta: stavo bollendo. Ero stata sveglia per buona parte della notte, impegnata a pilotare e a pensare alla mia destinazione. Se solo fossi riuscita a dormire, a fare colazione a letto...

Mi sedetti e mi stiracchiai. Mentre mi dirigevo a prua per controllare l'attrezzatura, mi guardai intorno e mi fermai di colpo. «Non è possibile, vero?» Strinsi gli occhi, cercando di mettere a fuoco la scena.

Vidi all'orizzonte una sagoma isolata, simile a una nube. Inizialmente chiara, pensai che si trattasse di nubi cumuliformi basse. Ma, a mezzogiorno, la massa aveva assunto una sfumatura granito davanti a me. Poteva trattarsi dell'isola di Hawaii? Tornai alla ruota del timone e per un'ora puntai verso quella terra emersa sempre più nitida, timorosa di credere che fosse la terra e timorosa di credere che non lo fosse. Una scarica costante di adrenalina mi faceva battere forte il cuore. Alla fine, mi convinsi che si trattava della terraferma. Avevo avvistato terra, era innegabile. L'isola di Hawaii era esattamente dove avrebbe dovuto essere. Fui pervasa da una sensazione di grande sollievo. Quando mi presi la testa tra le mani e piansi, ebbi l'impressione che la spina dorsale si sciogliesse.

Poco dopo, mi calmai e fui sopraffatta dalla soggezione. *Ma di cosa ho soggezione, esattamente?* mi chiesi. *Della terra? Della gente? Di casa?* Quella che si trovava davanti a me non poteva essere la semplice realtà? Sì, tutto ciò che avevo desiderato era lì. Be', quasi tutto... D'un tratto, percorsa da una profonda eccitazione, mi alzai in piedi e gridai: «TERRA... EHI, TERRA!». Dopodiché, ballai come un guerriero, esaurendo le energie in poco tempo. «Urge festeggiare. Birra! L'ultima birra, quella che ho conservato per questo momento. E un sigaro. URRÀ!»

Sgattaiolai sottocoperta, dove presi tutto. Di nuovo in coperta salii sul boma, accesi il sigaro e stappai la bottiglia. «Oddio, come sono eccitata. E piena di gratitudine. Sono davvero piena di gratitudine. Grazie. *Mauruuru*. Grazie. Amen.» Da più di un mese, nulla mi aveva fatto sentire altrettanto grata. Be', a parte l'acqua fresca, i sigari, la birra e la crema idratante. Fu una bella sensazione essere all'improvviso così emozionata, così impaziente.

«So che la mamma mi verrà a prendere. I miei genitori mi aiuteranno.» *Ma cosa possono realmente fare?*, pensai. *Tenermi la mano? Sarà compito mio organizzare le cose, avvisare tutti, cercare di spiegare cos'è successo, perché è successo.* La sensazione positiva si spense.

«Cosa dirò alla famiglia di Richard?» La paura si impossessò di me. «Come farò a dirglielo?» Scossi involontariamente la testa. «Come riuscirò a raccontare a qualcuno cos'è successo a Richard?» Mi sentii soffocare dall'emozione.

«E i Crompton e la loro splendida barca...»

L'*Hazana*, il povero *Hazana*. L'*Hazana* che mi aveva salvato la vita. Anche i Crompton sarebbero stati distrutti. *Mi dispiace*, mi ripassai il discorsetto a mente, rattristandomi. *Abbiamo fatto del nostro meglio. Davvero.* Avrebbero dovuto credermi. Le lacrime mi rigarono il viso. *Anch'io ho fatto del mio meglio. Sul serio.* L'ultimo goccio di birra calda soffocò un altro singhiozzo.

Oddio, cosa penserà la gente di me? Guardatemi: sono un disastro. Ho perso un sacco di peso e i miei capelli... i miei capelli erano così belli. Se qualcuno mi guarderà in modo strano, crollerò. Sono già al limite. Oddio, ho tanta paura.

D'un tratto, ebbi un attacco di nausea. Rivedere le persone, tornare nella società mi spaventava. Cosa stava succedendo? Mi stavo forse abituando a quell'isolamento? Volevo restare lì in eterno, scivolando progressivamente nell'oblio? Forse, sarebbe stato più semplice che spiegare come mai io ero sopravvissuta e Richard era stato risucchiato nelle viscere del mare. I suoi genitori avrebbero rimpianto che non ci fossi stata io alla ruota del timone. I miei genitori, per quanto tristi, sarebbero stati sollevati che non fossi stata lì. Qualcuno avrebbe capito che sarebbe stato meglio se fossimo morti entrambi?

Stai regredendo. NON *era scritto che tu morissi. Quante volte devo dirtelo? Il tempo di Richard si era esaurito e il tuo no. Sappi solo che tutti saranno felici di vederti tonare a casa sana e salva.*

La Voce era una specie di coperta calda sulle mie spalle. Avevo voglia di crederle, avevo bisogno di crederle. «Ho tanta paura.»

Lo so. E hai tutto il diritto di averla.

«Tu non avresti paura, vero?»

Forse sì. Ma ho la certezza che sarei felice di non essere più sola.

«Di quello sono felice. Sul serio.»

Non sembra. Asciugati le lacrime. Brava, così.

«Immagino che ora mi abbandonerai anche tu.»

No, non ti abbandonerò mai. Ci sarò sempre, quando avrai bisogno di me.

«Dove vivi?»

Vivo nella tua anima.

«Come un'anima gemella o un angelo custode?»

Sì, qualcosa del genere.

La Voce e io restammo in silenzio per un po'. Mi

sentivo in pace assoluta. Alla fine, feci un sospiro e annunciai: «Be', quassù non c'è un solo alito di vento; immagino che sia meglio mettere la barca in ordine». Al che, smontai lentamente dal mio trespolo e scesi sottocoperta.

18

SOGNO O SON DESTA?

Sottocoperta, l'*Hazana* non era certo in perfetto ordine, ma era nella condizione migliore in cui fossi riuscita a tenerlo. Ero seduta al tavolo nautico e avevo appena terminato di scrivere sul giornale di bordo che mi sarebbe piaciuto che Richard fosse lì con me a vivere il sollievo dell'avvistamento dell'isola, quando udii il rumore di un motore. «Cosa diav...» Corsi in coperta.

Schermandomi gli occhi, mi guardai intorno. Il rumore proveniva dal cielo: un aereo. Un aereo militare. Un aereo militare che volava a bassa quota! Feci partire quattro bengala in successione, il più rapidamente possibile. Afferrai il remo con la maglietta rossa e lo agitai più volte. L'aereo non abbassò nemmeno le ali. Ero incredula. Com'era possibile che non mi avesse vista, dannazione? «Dov'è l'isola?» D'un tratto, l'isola non c'era più. «Dov'è quella dannata isola?»

Mi guardai i palmi delle mani e le girai. Sembravano proprio delle mani. Mi posai i palmi sulle guance e le toccai. Mi leccai le dita della mano destra e ci sfregai il pollice sopra. Erano umide, appiccicose. Di colpo mi diedi uno schiaffo in faccia. Prima con la mano destra e poi con quella sinistra. Continuai a schiaffeggiarmi finché non urlai a squarciagola: «AHHHHHHHHH! SONO MORTA, SONO MORTA. È TUTTO UNO SCHERZO! SONO MORTA FIN DALL'INIZIO».

Mi cedettero le ginocchia e mi accasciai sul sedile. «Questo è l'inferno. Sono all'inferno. Dannazione, è forse il limbo? È uno scherzo del diavolo? Non riesco a distinguere la realtà. Io non sono reale. Nessuno mi vede. Nessuno mi salva. Sarà così per sempre. Cos'ho fatto di così terribile? Mi sono limitata a scendere sottocoperta come mi aveva detto Richard. Non è stata colpa mia.» Mi alzai e agitai i pugni verso il cielo. «MI SENTI, DIO? NON È COLPA MIA. SONO STANCA DI TUTTI QUESTI SENSI DI COLPA. GLI URAGANI LI HAI CREATI TU. RICHARD L'HAI UCCISO TU. E A FARMI SOPRAVVIVERE SEI STATO TU. COME HAI POTUTO? COSA C'È DI TANTO MISERICORDIOSO IN TE, DIO, DATO CHE HAI UCCISO RICHARD E MI HAI CATAPULTATA IN QUESTO INFERNO? BE', TI DICO UNA COSA: NON RESTERÒ QUI. MI SPARERÒ UN COLPO IN TESTA. A QUEL PUNTO NON POTRÒ PIÙ PREOCCUPARMI DI NULLA, DANNAZIONE. AL DIAVOLO QUESTO INCUBO E AL DIAVOLO TU!»

Corsi sottocoperta in preda a una crisi isterica e frugai nell'armadietto, mettendo le mani sul fucile. Strinsi la salvietta e la srotolai su un cuscino, tirando fuori l'arma. Cadde anche una scatola di munizioni. Caricai il fucile e, appoggiandomi alla postazione di navigazione, cercai di infilarmelo in bocca. Il metallo freddo mi sbatté contro i denti. «Ahi! Andiamo, dannazione.»

Raggiunsi il divano pensando che forse, se mi fossi seduta, non avrei tremato tanto e il metallo non avrebbe sbattuto in modo così violento contro i denti.

Tami, sai bene che ora non puoi toglierti la vita.

«COSA STAI DICENDO?» gridai, sbattendo il calcio del fucile sul pavimento. «SONO MORTA. SONO GIÀ MORTA! È SOLO IL MIO CERVELLO A NON ESSERE MORTO. LA MIA IMMAGINAZIONE NON VUOLE SMETTERLA DI FUNZIONARE. NON C'È SOLLIEVO! NON CE LA FACCIO PIÙ.»

Tami, sei vicina. Sei vicinissima. Credi in te stessa. Ripensa alla preghiera che ti piace tanto, quella che parla del grande mare di Dio e della tua piccola barca. Tami, la tua barca è piccola, ed è davvero difficile scorgerla. Lo sai. Metti giù il fucile. Credi in te stessa. Non abbandonare la nave, ragazza mia. Va' a dare un'occhiata. Ti sfido a farlo. Forza, insisto. L'isola è reale, non è un'illusione. È l'isola di Hawaii. Ci sei quasi. Te lo giuro. Va' a dare un'occhiata. Ti prego, va' a dare un'occhiata.

Irritata, lasciai cadere il fucile e schizzai in coperta. L'isola era lì, lucente e chiara.

«Mio Dio! Che cosa stavo per fare?» Mi aggrappai al boma per smetterla di tremare.

Per poco non mi ero arresa. Per poco non mi ero tolta la vita. Ero così stanca e sola che stavo impazzendo.

Dopo aver mollato il boma, scesi nel pozzetto. Tuffai le mani nel secchio di acqua salata da venti litri e me ne schizzai un bel po' in faccia.

«Oh!» Che bella sensazione. Non era fredda, ma bagnata e reale. Lo rifeci, dopodiché tesi le mani in aria e, mentre le abbassavo, ruggii come una leonessa: «AAAA-AAAAAAAHHHHH!».

Mentre fissavo l'isola, la mia mente faceva gli straordinari. *Credi in te stessa, Tami. Hai sentito cos'ha detto la Voce. Hai fatto tutta questa strada e non hai bisogno di qualcuno o qualcosa che ti salvi. Devi continuare ad avere fede, fidarti della Voce e sapere che c'è una ragione se sei sopravvissuta.*

Restai seduta lì per un po', aspettando che i miei nervi si calmassero, prima di dover finalmente ammettere: «Era destino che mi salvassi da sola».

19

TIENI DURO, TIENI DURO

Quella notte mi svegliai per la pioggia battente e il vento, sempre forte. L'ago della bussola era impazzito. Non potei fare altro che legare la ruota e coprire me stessa e il mio giaciglio nel pozzetto con un telone impermeabile prima di tornare a dormire. Ero esausta.

Quando, il giorno dopo, riuscii a compiere la prima osservazione, i miei calcoli indicarono che ero finita a nord, a venticinque miglia dalla mia rotta. Procedendo a una velocità di due nodi all'ora, venticinque miglia equivalevano a dodici ore. Avevo perso dodici ore!
L'isola non era più in vista. Presi la decisione di restare sveglia e di manovrare la ruota del timone costantemente. Quella notte scesi in cucina per cercare uno stimolante, e la cosa migliore che riuscii a trovare fu una bevanda fredda al gusto di caffè e cacao. Ri-

empii un thermos di quella miscela e me lo portai nel pozzetto.

E così, nel mio quarantunesimo giorno in solitaria sul mare, arrivai a poche miglia di distanza dall'ingresso del porto di Hilo. Alle 2.03 del mattino le luci della baia mi chiamarono, ma non osai avvicinarmi ulteriormente per via dell'enorme barriera corallina che si estendeva fino a parecchia distanza dalla costa. Con l'ausilio di una bacchetta luminosa, studiai la mappa illustrata del porto di Hilo che avevo trovato in una vecchia guida alle crociere. Spiccavano le parole NON PER USO NAUTICO. Oh, quanto avrei voluto ignorarle e avvicinarmi a quelle luci, a del vero cibo, a persone vere, a una doccia e a un po' di sonno come si deve. Ma solo un pazzo o un marinaio che conoscesse la zona avrebbero tentato un ingresso rischioso di notte. Fui costretta a rammentare a me stessa che non avevo vissuto tutto quell'inferno per andare a sbattere contro una barriera corallina.

Pertanto, di prima mattina, bordeggiai avanti e indietro, a poca distanza dall'ingresso costellato di scogli corallini. Ero davvero vicina eppure lontanissima. Non potevo semplicemente essere già lì? No, non potevo. Mi sentivo confusa. Sapevo di essere cambiata. Sapevo che non sarei più stata la ragazza innocente e spensierata di prima. Avevo paura della civiltà a poche miglia da me e, al tempo stesso, ero eccitata. Le lacrime mi rigarono il viso.

«Queste lacrime... da dove vengono?» chiesi alla Voce.

Sono lacrime diverse, Tami. Sono lacrime di gioia.

«Ma è sbagliato provare gioia. Dovrei essere triste, anzi, sono triste. Mi manca tanto Richard.»

Richard ti mancherà sempre e lo amerai sempre. Ma la vita va avanti, Tami. Devi credere in te stessa. Per Richard era giunta l'ora, per te no. Sei sopravvissuta perché sei tu. Non tutti ce l'avrebbero fatta. Gioisci: te lo meriti. Presto sarai con le persone che ami e riceverai tutto l'amore che ti è mancato.

«Ma non sarà la stessa cosa.»

Sarà ciò che ne farai. Quando sarai pronta, arriverà un altro uomo che ti amerà con la stessa intensità con cui ti ha amata Richard.

«Ma io sarò in grado di amarlo tanto quanto ho amato Richard?»

Sì. Con il tempo, il tuo cuore si aprirà e sarà di nuovo disposto ad amare. Credi in te stessa, in ciò che il tuo cuore ti dice.

«Mi mancherai.»

Sarò sempre con te, sono parte di te.

«Sei Dio?»

La Voce non rispose. Forse non c'era una risposta.

Il mattino si affacciò pian piano. Sapevo che quelle sarebbero state le mie ultime ore in mare, le mie ultime ore in solitaria. Mi domandai quale sarebbe stato il mio primo contatto. Un peschereccio? Uno yacht privato?

Diedi un'occhiata a sinistra e vidi che le luci tenui sul fianco della montagna di Hilo, sull'isola di Hawaii, iniziavano a spegnersi a una a una. *Tieni duro, Tami, tieni duro.*

Non potei fare a meno di chiedermi, come avevo già fatto un milione di volte: *Perché? Perché non mi ero resa conto che eravamo vulnerabili, che uno di noi, o entrambi, sarebbe potuto morire lì, in mezzo all'oceano?*

Ma la parte più profonda di me si difese, rispondendo a gran voce: *Perché ero intrepida, Richard era intrepido.* In effetti, avevo sognato isole tropicali, spiagge bianche e sabbiose, acque calde, onde perfette, porti esotici e amore. Alla fine, dovetti ammettere che nulla avrebbe potuto tenermi lontana dal mare.

Guardai le mie amiche stelle nel cielo e dissi addio a ogni costellazione che mi avesse intrattenuta piacevolmente e che mi avesse guidata nel corso di quel viaggio lungo e lento. La w nel cielo stava per *water*, acqua, ma per me continuava a rappresentare *wonderful*, il favoloso, meraviglioso Richard. Ed era fantastico, meraviglioso che ce l'avessi fatta. Sapevo che dalla terraferma le stelle non sarebbero state visibili quanto lo erano in mare aperto.

Mi strinsi al petto la camicia a fiori di Richard e confessai disperatamente: «Ti amo. Sai che ti amo. Ti amo con tutto il cuore». Non potevo dire altro. Non riuscivo a guardare il mare azzurro intenso senza scorgere i suoi occhi. Non riuscivo a pronunciare l'addio finale. Mi infilai la sua camicia dentro la mia, accanto al cuore, e sfiorai l'anello intrecciato che mi aveva regalato Richard, lo feci girare più e più volte.

Mentre l'alba vagabondava senza meta nel cielo, feci un respiro profondo e diressi l'*Hazana* verso l'ingresso del porto.

Sulla prua, tirai fuori l'ancora dal gavone e poi trascinai tutta la catena sul ponte. Volevo ancora e catena pronte a essere gettate in mare per bloccare l'*Hazana* nel caso in cui fosse finito troppo vicino alla barriera corallina o alla costa.

Issai la bandiera americana rossa, bianca e blu sulla sartia di sinistra del mio albero di fortuna, come atto di cortesia, e poi issai d'istinto, appena più in basso, la bandiera gialla di quarantena, come ogni marinaio impara a fare quando attraversa acque internazionali ed entra in un porto nuovo. Pescai sottocoperta la bandiera del paese di provenienza dell'*Hazana*: l'Inghilterra. Mentre la spiegavo, cercai di togliere muffa e grinze. Pensai a quanto fosse solenne anche quella bandiera, ancora rossa, bianca e blu. Mi piaceva il fatto che la croce bianca dividesse il blu in otto sezioni. La infilai nel suo sostegno sulla battagliola di poppa, ricordando quanto Richard andasse fiero della sua nazionalità.

Tornai al timone e modificai la rotta per puntare verso l'ingresso del porto. Un attimo dopo, notai una grossa nave in uscita. Afferrai la pistola lanciarazzi e iniziai a sparare.

La nave parve fermarsi.

Feci partire un altro paio di razzi e poi afferrai il remo con la maglietta rossa ormai sbiadita. La agitai sulla prua da una parte e dall'altra con calma, non nel modo frenetico delle precedenti occasioni andate a vuoto.

D'un tratto, l'imbarcazione modificò la rotta e le sue luci di navigazione lampeggiarono.

Oddio, mi vedono. Mi vedono davvero. Non sapevo cosa fare. Sentivo di dover fare qualcosa, ma cosa? La nave si stava avvicinando rapidamente. Cosa dirò? *Salve, mi chiamo Tami Oldham e questo è lo yacht a vela Hazana. Sono in queste condizioni da parecchio tempo...*

L'*Hazana* prese a dondolare non appena la nave incombente invertì l'andatura e rallentò, proiettando davanti a sé una scia prodiera. Temevo che mi speronasse. Era enorme, una sessantina di metri. Gettò un'ombra scura sull'*Hazana*. Volti di uomini e donne asiatici, polinesiani e americani mi scrutavano dal parapetto, con grande attenzione. Mi sentii nuda e vulnerabile. D'un tratto, un membro dell'equipaggio mi parlò a gran voce da un altoparlante. Lo sentivo a malapena nel rombo dei motori che ora borbottavano in folle. «STA BENE?» gridò.

Annuii e poi scoppiai in lacrime. Tra un singhiozzo e l'altro vidi la pietà negli occhi di chi mi fissava. Udii delle urla e, alzando lo sguardo, scorsi espressioni di assenso e sorrisi di incoraggiamento. «VA TUTTO BENE. LA AIUTEREMO. SI RIPRENDERÀ» gridò il portavoce.

Mentre riprendevo il controllo, lo sentii dire: «È MORTO QUALCUNO?».

Annuii ancora.

«È QUELLO IL CORPO?» chiese l'ufficiale, indicando il canotto arancione arrotolato e rizzato a poppa, sul lato sinistro.

Sconcertata, scossi la testa.

«ABBIAMO ALLERTATO LA GUARDIA COSTIERA. LE SERVE QUALCOSA?»

Mi serviva tutto, specialmente Richard, però feci cenno di no e strinsi con più forza la ringhiera del pulpito prodiero per non finire in mare a causa del forte dondolio dell'*Hazana*, provocato dalla scia della nave.

Di lì a poco qualcuno calò verso di me dal ponte dell'imbarcazione un contenitore di vetro fissato a una cima.

Ringraziai con un cenno del capo. Slegarlo si rivelò un'impresa ardua per le mie dita deboli e nervose. Inspirai l'aroma del caffè caldo prima di assaggiarlo. Lo posai per prendere al volo la mela che qualcun altro intendeva lanciarmi. Sembrava essere passata un'eternità dall'ultima volta in cui avevo mangiato una mela. Nell'istante in cui vi affondai i denti, il succo dolce mi colò sul mento. Mi fece scoppiare nuovamente in lacrime perché era più dolce di quanto, nei miei ricordi, potesse essere una mela fresca.

Fu davvero difficile per quella grande nave inserire e disinserire la marcia, restare vicina e sufficientemente lontana dall'*Hazana*. In attesa della guardia costiera, mi sembrò di averla accanto per parecchio tempo.

«LE PASSEREMO UN CAVO DI RIMORCHIO» fu l'improvviso annuncio che ricevetti.

Udii un urlo sopra di me e poi dall'alto qualcuno mi gettò un pugno di scimmia. Allungai un braccio per afferrare la sagola, dopodiché la tirai interamente a bordo, raggiungendo finalmente la gomena a essa legata.

La gomena era davvero grande: cinque centimetri di diametro. Faticai parecchio a tirarla a bordo: pesava una tonnellata. Era il tipo di cima che si usava per rimorchiare un'altra nave di enormi dimensioni, non una slanciata barca a vela. Non riuscivo a decidere dove legare quella cosa mostruosa e alla fine la avvolsi intorno all'argano dell'ancora. Una volta che l'ebbi fissata, gridai: «PROCEDETE LENTAMENTE, LENTAMENTE!», e agitai le mani davanti a me, con i palmi rivolti verso il basso.

Mentre i motori della nave rombavano, mi aggrappai saldamente. L'*Hazana* sussultò in avanti. Il guscio in vetroresina dell'argano dell'ancora andò in mille pezzi, ma l'argano stesso restò attaccato a due dei suoi quattro bulloni. In pochi secondi mi parve di galoppare sui marosi. La velocità più bassa che la nave sembrava in grado di mantenere probabilmente superava qualsiasi velocità mai raggiunta dall'*Hazana*. Ci stavamo muovendo ad almeno dieci nodi, per giunta in acque non certo piatte. Mi appellai a tutta la concentrazione di cui disponessi per mantenere l'*Hazana* dietro la nave. Mi sentivo addosso gli occhi di tutti. L'unico mio pensiero era: *Resta in rotta, resta in rotta e non farti prendere dal panico.*

Il cavo di traino viene tirato a bordo

La nave mi rimorchiò all'interno della barriera corallina e si fermò. La bassa marea impedì all'*Hazana* di finirvi contro. Ben presto, fummo raggiunti dall'imbarcazione ausiliaria da otto metri della guardia costiera. Sciolsi la gomena di rimorchio e poi assicurai le cime che l'equipaggio della guardia costiera mi aveva gettato. L'*Hazana* adesso era ormeggiata lungo la murata del motoscafo di salvataggio.

All'interno di Radio Bay c'era un molo di cemento. Il motoscafo mi rimorchiò fin lì e io affiancai e legai l'*Hazana* a un'altra barca della guardia costiera agli ormeggi. A quel punto, due funzionari salirono a bordo. Uno era il sottufficiale di Marina Rodenhurst. Continuavo a piangere e non riuscivo a completare una frase; dovevo essere sotto shock. Fu straordinariamente delicato nei miei confronti.

Agli ormeggi presso quel molo c'era anche lo sloop dallo scafo azzurro *Tamarii* che Richard e io avevamo visto alle Isole Marchesi. Quando guardai in quella direzione, vidi i suoi proprietari osservare la guardia costiera che mi rimorchiava nel porto. La donna, Helga, mi gridò: «QUANDO HAI FINITO, VIENI SULLA NOSTRA BARCA».

Il sottufficiale Rodenhurst mi ripeté garbatamente che disponevano di una doccia che avrei potuto usare. Avevo bisogno di una doccia, ma non ero pronta all'isolamento. Volevo il contatto umano.

Non vedevo l'ora di raggiungere il *Tamarii* e di parlare con altri marinai o, quanto meno, con persone con cui sentivo di potermi relazionare e che si sarebbero potute relazionare con me e Richard. Fornii agli uomini della guardia costiera una versione condensata dell'accaduto, quanto bastava perché avessero un quadro d'insieme e perché capissero che non avevo bisogno di un'ambulanza o di un ricovero in ospedale. Mi dissero che presto gli sarebbe servita una dichiarazione scritta, ma che per il momento potevo andare a trovare i miei amici.

L'*Hazana* viene rimorchiato fino al molo di Radio Bay, a Hilo, sull'isola di Hawaii

Quando raggiunsi il *Tamarii*, mi attendeva un banchetto. Uova, prosciutto, roastbeef, formaggio, insalata di patate, animelle, latte, succo di frutta e caffè. Mi sedetti e mi sfogai. Mangiai e piansi, piansi e mangiai, e, alla fine, risi un paio di volte. La coppia tedesca era affascinata dalla mia storia. Mi fecero delle domande e continuammo a parlare. Mi offrirono una sigaretta e un bicchierino di brandy, che accettai. Le loro attenzioni contribuirono a calmarmi, a farmi sentire nuovamente in armonia con l'umanità.

Erano passate un paio d'ore quando il sottufficiale

Rodenhurst venne a bussare sullo scafo. «Adesso dovremmo raccogliere quella dichiarazione. D'accordo?»

Abbandonai il *Tamarii* versando altre lacrime, ma animata da una forza nuova. «Le serve un cambio di abiti per potersi fare una doccia?» chiese Rodenhurst.

«Sì, sì...»

Fu solo quando l'acqua calda cominciò a scorrermi lungo la schiena che mi resi conto del perché il sottufficiale insistesse nel dirmi che, forse, era il caso che mi facessi una doccia. Fu come se ogni giorno che avevo trascorso in mare mi si stesse staccando dalla pelle, strato dopo strato. Avevo i capelli completamente secchi e annodati, e non c'era modo di districarli. Avevo ancora una crosta sul punto della gamba in cui mi ero tagliata profondamente, ma la ferita alla fronte era quasi guarita. Tutte le altre ferite erano guarite, tranne quella al cuore. Avevo un corpo snello, ossuto, macilento. Troppo macilento per essere il mio.

Mi lavai più e più volte i denti sul lavandino: i sigari li avevano macchiati. Intanto fissai le profonde borse sotto gli occhi e la cicatrice rabbiosa sulla fronte. Pian piano i miei denti brillarono, tornando del loro bianco naturale.

Tornata nell'ufficio, capii dall'espressione di quegli uomini che davanti a sé vedevano una donna, una sopravvissuta, non più una vittima devastata.

Una volta completata la mia dichiarazione scritta, il sottufficiale Rodenhurst mi disse che si era sposato da poco e che, nella casa in cui abitava con la moglie e la figlia, c'era una stanza in più. Me la mise a disposizione per la notte e mi chiese di chiamarlo Chris.

«Grazie, io… sì.» Non penso che avrei potuto passare un'altra notte a bordo dell'*Hazana*, ora che ero pulita e sulla terraferma.

20

SULLA TERRAFERMA

Perry Rodenhurst, la moglie di Chris, venne a prendermi alla stazione insieme a Shannon, la figlia di sei anni. Perry aveva all'incirca venticinque anni, era bella e snella e aveva capelli biondi che le lambivano le spalle. Fu molto delicata nei miei confronti.

Mi accompagnò nello studiolo della loro modesta abitazione, dove aprì con uno strattone il divano, che si trasformò in un letto. Mi disse di fare come se fossi a casa mia e indicò il telefono. Mentre chiudeva la porta, mi incoraggiò a fare tutte le telefonate che volevo.

Mi sedetti sul bordo del letto e studiai la stanza accogliente in cui mi trovavo: una scrivania, foto di famiglia incorniciate e libri. Un'atmosfera seria e normale. Con un respiro profondo, presi in mano la cornetta e digitai il numero del centralino per chiamare mia madre, addebitandole il costo della telefonata. In California erano due ore avanti e stava calando la sera. Il numero era occupato. Provai con mio padre, che non rispose. Ritentai con mia madre: ancora occupato.

Stavo per crollare. La mamma non percepiva il mio bisogno di chiamarla? Non mi venne in mente di chiedere all'operatore di effettuare un'interruzione di emergenza sul suo numero. I nonni dovevano essere a casa. E se così non fosse stato? Non lo avrei sopportato. Dovevo parlare con qualcuno, e subito. Mio nonno rispose al quarto squillo. «Pronto?»

«Nonno, sono io. Come stai?»

«Come sto *io*? Come stai *tu*, piuttosto!»

«Oh, nonno, non tanto bene» replicai, scoppiando a piangere. «Richard è morto.» Fu così che iniziò la mia telefonata carica di emozione.

Alla fine venne la nonna al telefono. Fui costretta a ripetermi in continuazione, perché il dolore smorzava le mie parole. Avevo la mente stanca, confusa e ancora spaventata. *E adesso? E adesso?*, era la domanda che mi martellava in testa. Di sicuro sembravo matta, mi sentivo matta. Avrei voluto strisciare lungo la linea telefonica per accoccolarmi sulle gambe di mio nonno.

Dopo aver parlato con loro, composi di nuovo il numero di mia madre. Era ancora occupato. Decisi di chiamare Susie, la sorella di Richard, in Inghilterra, a dispetto dell'ora. Fu Jurrick, suo marito, a rispondere e a dirmi che non era in città. Disse che era sollevato di udire la mia voce, perché erano stati in pensiero. Dapprima cedetti ai singhiozzi, ma poi riuscii tristemente a comunicargli le notizie in modo abbastanza preciso. Mentre ci disperavamo e piangevamo, Jurrick mi disse che conosceva Richard da quando era un bambino, che erano più che cognati. Era davvero sconvolto, però si offrì di chiamare i genitori di Richard e di informarli. Gli assicurai che lo avrei richiamato.

Decisi di contattare subito ai proprietari dell'*Hazana*, i Crompton, e di non pensarci più. Mi tremava violentemente la mano mentre cercavo di digitare il numero. Fu Peter a rispondere.

«Peter? È accaduta una cosa terribile» farfugliai. «Ah, sono Tami. Sai, Tami... Siamo stati sorpresi da un uragano. Richard è finito in mare. È morto.» Fra una frase e l'altra, non respiravo quasi. «L'*Hazana* ha perso gli alberi, è in condizioni penose. Ma sta ancora a galla.»

«Oh, santo cielo! Oh, santo cielo! Oh, no!» continuava a dire Peter.

A quel punto avevo raccontato la storia così tante volte che la mia voce era quasi piatta, priva di emozione, imperniata sulla logica. «È probabile che l'*Hazana* venga considerato un relitto da sfasciacarrozze. Forse è il caso di contattare la vostra compagnia assicurativa. Come? Ah, mi trovo a Hilo. Hilo, nell'isola di Hawaii.»

Avvertii la disperazione nella voce di Peter quando mi disse che era davvero dispiaciuto per Richard, che gli avevano voluto bene. Fu molto delicato da parte sua non farmi domande sulle condizioni dell'*Hazana*. Si limitò a informarmi che lui e Christine sarebbero venuti immediatamente alle Hawaii.

Finalmente riuscii a parlare con mia madre. La sua voce all'altro capo del telefono mi fece piombare in uno stato confusionale. Riuscii a dire solo: «Mamma...».

«Tami? Santo cielo, dove sei stata?» Il suo classico tono di rimprovero fu una benedizione. «Mi sono preoccupata da morire per te. Sono stata due volte alla stazione della guardia costiera... Dove sei?»

«Oh, mamma...»

«Tesoro, che succede? Stai bene?»

«Mamma...» Piansi per una decina di minuti prima che la sua voce comprensiva e rassicurante mi consentisse di riprendere il controllo. Mi ripeté instancabilmente che la morte di Richard e la distruzione dell'*Hazana* non erano colpa mia. Avevo bisogno di sentirmelo dire.

Dopo un po' restai senza parole. Mia mamma insistette per avere il numero di telefono dei Rodenhurst. Avrebbe chiamato l'aeroporto per prenotare subito un volo e poi mi avrebbe richiamata. La sua voce che diceva: «Ti voglio bene, tesoro» mi echeggiò più e più volte in testa mentre mi sdraiavo sul letto e attendevo che mi richiamasse.

Lo fece poco dopo. Sarebbe arrivata di lì a undici ore. Ce l'avrei fatta a resistere? Avevo bisogno di qualcosa? Voleva parlare con Perry, ma le dissi: «No. Parla solo con me». E così continuammo a parlare finché lei non mi consigliò di andare a riposare.

Fissai il soffitto bianco. Ben presto, la sua superficie piatta si trasformò in un mare che ondeggiava delicatamente verso gli angoli della stanza, scendendo lungo le pareti decorate. Il mio corpo, per quanto immobile, dondolava avanti e indietro, avanti e indietro. Un colpetto alla porta mi destò. Quando mi voltai, Perry l'aveva aperta e stava sbirciando all'interno della stanza. Non avevo dormito; avrei voluto farlo, ma la mia mente non riusciva a rilassarsi. Mi invitò a unirmi a loro per la cena.

A tavola capii che a Shannon era stato detto di non farmi domande, ma intuii che ne aveva tante da come mi fissava e si lisciava i capelli.

Dopo un pasto leggero, ci riunimmo intorno al televisore per guardare *L'aereo più pazzo del mondo*. Mentre ero seduta su un comodo pouf, la mia mente iniziò a domandarsi come fosse possibile passare in un istante dall'essere alla deriva in mare aperto a trovarsi davanti a un televisore, a guardare la parodia di un film catastrofico. Era assurdo.

Non finii di vedere il film, preferii congedarmi e andare a letto, senza però riuscire a dormire. Decisi di riprovare a chiamare mio papà. Rispose, accettando l'addebito della chiamata.

«Papà?»

«Tami! Tesoro. Un tempismo perfetto: siamo appena rientrati.»

«Papà...»

«Tesoro, cosa c'è che non va? Stai bene? Dove sei? È da tanto che aspettiamo una tua chiamata...»

«Papà...» Scoppiai a piangere. «Richard se n'è andato.»

«Cosa vuoi dire?»

«Morto! La barca è distrutta, la cavezza di Richard si è spezzata e lui è finito in mare.»

«Dio del cielo!»

«È quello che ha detto Richard prima che la barca si rovesciasse. Quando ho ripreso i sensi, non c'era più.»

«Tesoro, dove sei?»

«A Hilo, sull'isola di Hawaii. Sono arrivata oggi.»

«Vengo subito da te. Posso arrivare...»

256

«No, va tutto bene, la mamma è in viaggio.» Parlammo per circa un'ora. Dover rivivere ogni cosa più e più volte fu snervante ma allo stesso tempo terapeutico.

Quando riattaccammo, ero esausta. Colsi un mio riflesso nella specchiera e cercai di far scorrere le dita tra i capelli, ma era impossibile penetrare quell'intrico di nodi e rinunciai. Mi rigirai nel letto per tutta la notte, addormentandomi e risvegliandomi costantemente. Volevo Richard e volevo che sorgesse il sole. Volevo che mia mamma arrivasse per portarmi a casa, per portarmi via da tutto quello che stavo vivendo e da tutto ciò che, inevitabilmente, sarebbe arrivato. Volevo riprendere in mano la mia vita e lasciarmi alle spalle quant'era successo, eppure sapevo che prima c'erano delle cose da fare. Impossibile eluderle.

Per buona parte della notte, fissai i riflessi perlacei della luna sulle pareti e sul soffitto dello studiolo. Mi sentivo più in gabbia in quella casa di quanto lo fossi stata su una barca alla deriva.

Il mattino seguente avevo una gran voglia di tornare sull'*Hazana*. Mi mancava. Chris era già uscito per recarsi al lavoro. Perry, nel tentativo di farmi sentire più a mio agio circa il mio aspetto, mi diede un abito da indossare e mi aiutò a nascondere i capelli sotto due eleganti foulard intrecciati. Avere nuovamente un'amica donna fu una strana sensazione. Mi disse che quell'abito stava meglio a me che a lei e, per quanto sapessi di avere un aspetto strano, apprezzai i complimenti, la sicurezza che stava cercando di trasmettermi.

Portammo Shannon a scuola. Osservare dei bambini che ridevano, si stuzzicavano e correvano di qua e di là mi fece venire le lacrime agli occhi. Scossi la testa, perché i bambini non hanno idea di ciò che potrà avvenire nel loro futuro e di quanto possa essere dura la vita. Perry mi chiese se stavo bene. Annuii e così ci dirigemmo alla stazione della guardia costiera. Una volta entrate, Chris mi chiese se avevo visto tutti i giornalisti all'esterno. «No» dissi, inquieta.

Giornalisti di canali televisivi di informazione, quotidiani e riviste erano assiepati lungo la banchina, in attesa che mi presentassi. Chris mi scortò fuori e rimase accanto a me mentre venivo intervistata. I giornalisti mi chiesero di spostarmi da una parte e dall'altra a beneficio delle macchine fotografiche e delle telecamere. Quell'attenzione mi sconvolse e per un'ora e mezzo cercai di compiacere i media: sorridevo, sorridevo, sorridevo come se tutto andasse a meraviglia. Non immaginavo minimamente che le mie disavventure avessero fatto tanto clamore.

Dopo che i giornalisti se ne furono andati, mi rifugiai

dentro l'*Hazana*. Lì, mi lasciai andare e piansi dal profondo dell'anima, seduta da sola, studiando di nuovo quel disastro. Cosa avrei dovuto fare? Non sapevo come comportarmi, dove andare, da dove cominciare.

Alla fine, venne il momento di prendere un taxi per raggiungere mia mamma all'aeroporto. Davanti all'uscita degli arrivi, non fu una sorpresa vedere che lei era stata la prima passeggera a sbarcare. Uscì di corsa e mi prese tra le braccia. Mi strinse forte e pianse contro di me. Mi cullò a lungo e mi lasciò sfogare, unendo le sue lacrime alle mie. Molte teste si girarono. Non avevano idea di che razza di miracolo fosse quella riunione.

Brian, il nuovo fidanzato della mamma, ci guidò fuori dal flusso principale del traffico pedonale e finalmente, quando lei e io ci calmammo, me lo presentò. Ci salutammo con un abbraccio. Nei suoi occhi azzurri vidi lacrime di compassione. Occhi azzurri: dovetti distogliere lo sguardo.

Andammo in città in taxi e ci sistemammo in un bell'albergo, non lontano dal porto. Dopo pranzo e dopo aver parlato e pianto ancora tanto, la mamma decise che la prima cosa da fare sarebbe stata occuparci dei miei capelli. L'estetista dell'albergo mi diede un'occhiata mentre mi slacciavo i foulard che avevo intorno alla testa e, con aria inorridita, disse: «Non ci posso fare nulla». Dopodiché si voltò e sparì in fretta in uno stanzino. Restai lì, pietrificata, e la mamma disse: «Su, tesoro, è probabile che non abbia una grande esperienza».

Davanti all'albergo, due giornalisti ci fermarono e si presentarono. Ci chiesero se avessimo tempo per un'intervista e qualche fotografia. Mia mamma disse di no: era imperativo che trovassimo un parrucchiere. Ci chiesero di potersi accodare. «Certo, se riuscite a stare al passo con noi» replicò lei, dandomi un colpetto di gomito e ridacchiando.

Cercammo un altro salone di bellezza, dove ci dissero senza alcun tatto che mi sarei dovuta rasare a zero. Scoppiai in lacrime. Non avrei consentito a nessuno di fare una cosa del genere. La mia identità era già sufficientemente distrutta, avevo già perso tutto e non avrei mai rinunciato ai miei capelli. I giornalisti ebbero il tatto di non documentare la scena, ma continuarono a seguirci nella ricerca di un altro salone di bellezza. Giungemmo a un centro commerciale con un grosso cartello all'ingresso che recitava: INAUGURAZIONE – HOUSE OF LANTZ. Entrammo e mia mamma spiegò in modo deciso cosa mi era successo e come il salone potesse trarre vantaggio dall'aiutarmi, considerato l'interesse dei media per la mia storia. Accettarono di provarci. Mentre la poltrona su cui ero seduta si inclinava, mi impiastricciarono la testa di balsamo e di spray districante. Restai lì per quattro ore, immobile, mentre gli estetisti scioglievano i grovigli nel modo più delicato possibile. Mi fecero un male cane. Si fermarono quando non riuscii più a sopportare il dolore. Tornai il giorno dopo e si misero al lavoro sul lato opposto. A forza di tirare mi faceva male lo scalpo, ma non li fermai. Dopo altre quattro ore, i miei capelli erano lunghi e dritti. Mia mamma mi strinse le guance, mi guardò negli occhi e disse: «Ecco la mia bimba meravigliosa».

Tre estetisti impiegarono due giorni a districarmi i capelli

Iniziavo finalmente a sentirmi me stessa. Non avrei mai potuto ringraziare a sufficienza House of Lantz, ma per fortuna ottenne notevole visibilità sulla copertina del quotidiano locale.

I Crompton giunsero il giorno dopo. Li attesi passeggiando nervosamente nella zona degli arrivi dell'aeroporto. Mi salutarono con un abbraccio quando sbarcarono e io scoppiai a piangere. Ci recammo subito all'*Hazana*.

Mentre ci avvicinavamo all'imbarcazione, non sentii altro che le parole di Christine: «Oh, no. Oh, no». Peter rimase per lo più in silenzio. Persino quando l'*Hazana* si profilò davanti ai loro occhi, faticarono ad accettare la realtà dei danni.

«È incredibile che non sia affondato» commentò Peter, girandosi a guardarmi e stupendosi del fatto che io fossi sopravvissuta: un miracolo.

Ci sedemmo nel pozzetto e raccontai nuovamente l'intera storia. Cercai di rispondere alle loro domande. Riuscii a formulare alcune spiegazioni in maniera chiara; altre aprirono una crepa dentro di me, facendo sgorgare lacrime copiose. Peter aveva con sé la macchina fotografica e scattò molte foto dell'*Hazana*. Christine sembrava la più tesa dei due. Io non avevo il minimo controllo sulle mie emozioni e mi limitai a starmene seduta, mentre un flusso interminabile di lacrime mi scorreva sul viso.

Mia madre ci raggiunse a bordo dell'*Hazana* e la presentai ai Crompton. Vedendo quanto fossi sconvolta ed emotivamente provata, si trasformò in Mamma Orsa e insistette affinché tornassi in albergo per riposare. Obbedii, lasciando i proprietari dell'*Hazana* alle prese con la tragedia da metabolizzare e le emozioni da sfogare.

I Crompton organizzarono una spedizione in Inghilterra degli oggetti sopravvissuti. Si offrirono di consegnare gli effetti personali di Richard alla sua famiglia: se lo avessi voluto, avrei potuto spedire qualsiasi cosa. Avevo già portato via dall'*Hazana* quasi tutte le mie cose, ma radunare quelle di Richard fu l'ennesima prova psicologica per me. Feci il possibile per non ripensare a quando aveva indossato una certa camicia o determinati pantaloncini, e mi sorprendevo a pensare: *Che senso ha preparare tutta questa roba?* Eppure non potevo evitarlo, dato che quelle cose potevano avere un significato per la sua famiglia.

Intervenne la polizia perché avevamo lasciato Tahiti in due ma solo io ero giunta ad Hawaii e, visto che Richard era un cittadino britannico scomparso in acque internazionali, andavano svolte delle indagini. Furono garbati nel sottopormi a un interrogatorio intensivo, ma c'era qualcosa che non quadrava: la mia cronologia e la loro, per quanto riguardava lo scontro tra l'uragano Raymond e l'*Hazana* e gli eventi successivi, non combaciava. Alla fine, grazie ad attenti riesami e ricalcoli, ipotizzarono che fossi rimasta priva di sensi per ventisette ore, non tre come avevo sempre pensato. Un'informazione che mi sconvolse di nuovo. Ventisette ore! Non c'era da sorprendersi se al mio risveglio il mare e il clima si erano calmati così tanto. Dov'erano finiti la mia mente e il mio amato in quel tempo perduto? Non avrei mai potuto salvare Richard. La botta mi aveva fatto perdere i sensi per più di un giorno intero. Il che significava che avevo calcolato un giorno di navigazione in meno e che, ciononostante (grazie alla bontà divina, alla Voce, a me stessa?), avevo raggiunto le Hawaii. La Voce aveva ragione: ecco l'ennesima prova che era destino che sopravvivessi. Ma perché la Voce non mi aveva detto che ero rimasta priva di sensi per ventisette ore? E dov'era adesso?

Un portavoce della *Hokusei Maru*, la nave giapponese da ricerca che mi aveva rimorchiata in porto, venne a bussare allo scafo dell'*Hazana* mentre io e la mamma stavamo preparando gli ultimi oggetti di Richard in vista della spedizione. L'uomo, consegnandomi un invito stampato per un ricevimento che si sarebbe tenuto quella sera a bordo della nave, si scusò per il ritardo, ma disse che aveva impiegato un po' di tempo a trovarmi.

Quel pomeriggio mia mamma, Brian e io giungemmo al grande molo commerciale presso cui l'*Hokusei Maru* era ormeggiato. Mentre ci avvicinavamo alla nave, vedemmo un tavolo presso cui venivano accolti gli ospiti: gli uomini in completo bianco e le donne in abito da sera. Posammo gli occhi, dubbiosi, sui nostri vestiti casual mentre una donna orientale in ghingheri ci chiedeva se poteva esserci di aiuto. Le consegnai l'invito e dissi: «Mi chiamo Tami...».

«Oh, Tami, Tami!» Emozionata, ci consegnò delle targhette con i nostri nomi.

«Mi spiace che non ci siamo vestiti meglio, ma noi...»

«Non fa niente. Andate benissimo, benissimo. Prego, entrate.»

Un uomo ci scortò fin sulla passerella. Il perimetro del ponte di poppa era occupato da uno splendido spiegamento di tavoli zeppi di cibo e in coperta era stato allestito un palchetto con un microfono. C'era della musica e alcuni invitati ballavano.

Mentre venivamo accompagnati all'open bar, ricevemmo molti sguardi curiosi. Udii ripetere il mio nome un paio di volte e poi ufficiali e sottufficiali della nave iniziarono ad avvicinarmi. Mi resi conto che non avevano riconosciuto in me la donna in condizioni penose che avevano soccorso appena qualche giorno prima. In tanti vennero a vedere come stavo e a conoscere mia madre e Brian. Mi godetti un elaborato cocktail hawaiano con un ombrellino e una ciliegia rossa. Ah, una ciliegia rossa intera. Tornai subito con la mente al mucchietto di ciliegie tagliate a metà prese dalla scatoletta di frutta sciroppata che avevo aperto dopo essermi immersa sotto l'*Hazana* per controllarne lo scafo... Quando? Solo un paio di settimane prima? Ora il tempo stava volando, mentre allora scorreva lentissimo. La mamma e Brian ballarono mentre io stringevo la mano a chiunque fosse sulla nave, o almeno così mi parve.

A un certo punto la musica cessò bruscamente e il primo ufficiale attirò l'attenzione dei presenti con un colpetto sul microfono. Ringraziò gli invitati per essere venuti. Esprimendosi sia in inglese sia in giapponese, disse al pubblico che quella sera si festeggiava il successo di una missione di ricerca congiunta che aveva visto la collaborazione tra studenti universitari giapponesi e hawaiani. Spiegò poi che ciò che aveva reso miracoloso quel viaggio era stato vedere un razzo di segnalazione all'alba ed essersi imbattuti in una barca a vela priva di alberi e in un marinaio, ed essere andati in suo soccorso. Già, in soccorso della *donna* marinaio. La folla scoppiò in un applauso e molte persone mi fissarono, rivolgendomi ampi sorrisi. Abbassai gli occhi e mi guardai attorno con discrezione: da quale parte potevo fuggire?

La mamma mi afferrò per un braccio. «Sorridi, tesoro. Va tutto bene.»

Il secondo ufficiale tradusse per noi ciò che il capitano, dopo essersi avvicinato al microfono, disse animatamente in giapponese. Era la prima volta nella sua carriera che vedeva e aiutava un marinaio naufrago. Era stato un onore poter mettere la sua nave e il suo equipaggio al mio servizio, disse, e desiderava farmi un dono. Non avevo idea che, nel corso di quel ricevimento, sarebbe successa una cosa del genere. Mia mamma mi diede una spintarella. Cercai di tenere il mento alto nel momento in cui salii sul palco. Il capitano fece un inchino. Io feci un inchino. Lui fece un inchino. Io feci un altro inchino. Il pubblico ridacchiò, e il capitano e io lo imitammo. Con delicatezza, l'uomo mi mise al collo una collana con un prezioso ciondolo di perla. Lacrime – quelle lacrime infinite – iniziarono a scorrermi fin sul collo mentre lo ringraziavo con un bacio su una guancia. «*Mauruuru*» dissi, dato che non sapevo come si diceva *grazie* in giapponese. Poi, con grande allegria, lui propose un brindisi augurandomi diecimila anni di buona sorte.

Brancolavo alla cieca in un arcobaleno di emozioni.

Eccomi lì, lodata per essere sopravvissuta. Ma qualcuno capiva che in mare aperto c'erano stati giorni in cui la voglia di vivere era stata assente? Qualcuno, a parte mia madre, vedeva il dolore e i sensi di colpa che pesavano su di me per ciò che era successo a Richard? Sapevo che avrei dovuto trovare un modo di accettare di essere sopravvissuta, ma meritavo realmente diecimila anni di buona sorte?

Avrei voluto dire qualcosa in più al capitano e all'equipaggio per spiegare come mi ero sentita quando avevo visto la nave e i volti incoraggianti dei marinai, ma ebbi solo la forza di toccare il ciondolo e ringraziarli di avermi aiutata. Il frastuono degli applausi mi risultò esasperante quasi quanto lo era stato il rombo dell'uragano e, quando il secondo ufficiale si avvicinò e si offrì di mostrarci la nave, accettai con entusiasmo.

Presi dei respiri profondi mentre salivamo verso la plancia. Guardandomi intorno vidi che eravamo molto in alto rispetto al livello del mare, e la cosa mi spaventò un po'. Abbassai gli occhi e immaginai quanto piccoli e disperati dovessimo essere parsi l'*Hazana* e io all'equipaggio e agli studenti a bordo della nave.

Dopo aver passato quell'ultima notte a Hilo rigirandomi più volte fra le lenzuola, fui felice di vedere le prime avvisaglie dell'alba. Scesi lentamente dal letto e indossai l'abito che mi aveva regalato Richard la notte in cui mi aveva fatto la proposta di matrimonio, a Tahiti. Studiando tutti gli splendidi bouquet che familiari e amici mi avevano mandato, mi concentrai su un fiore straordinario: una rosa cremisi. Non era un bocciolo giovane, ancora chiuso, bensì un fiore maturo i cui petali mi cercavano in tutto il loro splendore. Un'unica rosa rossa, il simbolo internazionale dell'amore. Il suo profumo risvegliò in me ricordi cari, era una testimonianza dolceamara del fatto che la vita andava avanti. Mi protesi verso il fiore e la sua fragranza turbinò tra i miei sensi come un brandy caldo in una notte gelida. Quella rosa era per Richard.

Sgattaiolai fuori dalla stanza senza far rumore. Incamminandomi lungo la strada, avvertii una certa angoscia. Se l'aria si fosse ripulita dalla bruma e la tavolozza di colori dell'alba si fosse amalgamata nella luce del giorno, l'atmosfera di cui avevo bisogno sarebbe andata perduta. Divenne una corsa contro il sole e giunsi con il fiatone sul ciglio dell'acqua. Rivolsi un'occhiata all'orizzonte: il sole stava riaffiorando con la stessa facilità di una foca. Osservai le onde sciabordare contro il frangiflutti, spruzzando schizzi di oceano sulle rocce alla sua estremità, spingendo qualche uccello ad alzarsi in volo.

Inalai ancora una volta il profumo intenso della rosa e poi mi incamminai sul pontile. Mi resi conto di quanto mi mancasse quel momento della giornata. In quasi tutte le mattinate trascorse a bordo dell'*Hazana* ero stata sveglia, alla ruota del timone, in lacrime o in meditazione sulla prua. Era stato parte del mio processo salvifico. Ne sentivo nostalgia. Come avrei potuto lasciare tutto ciò e tornare a casa senza Richard? Come avrei fatto a vivere senza di lui? La mia vita era un disastro. Ma ero sopravvissuta.

Giunta in un punto che mi sembrava perfetto, strisciai giù da un paio di massi e raggiunsi una roccia piatta, mi sollevai l'abito e mi sedetti a gambe incrociate a poche decine di centimetri dall'acqua. Seguii i contorni delle rocce di granito che scivolavano nell'acqua color lavanda. Il mare pareva calmissimo. All'anima di Richard doveva piacere la capacità di librarsi sopra le onde, libero, in giro per il mondo. Un bagliore di cipria illuminò una guancia del mare. Era Richard che mi sorrideva? *Oh, Richard, se solo... Se solo fosse stato scritto che la mia anima si sarebbe librata nel cielo, sulla terra e sul mare con te, sarei lì. Lo sai, vero? Per tutti quei giorni nel mezzo dell'oceano ho tentato di capire cosa ti era successo, cosa ci era successo. Ho capito soltanto che ci eravamo innamorati. Semplicissimo. Non ci era successo nient'altro che innamorarci follemente, appassionata-*

mente. *Ti vorrei dire che non amerò mai più, ma sono debole. Sono debole, Richard. Non voglio restare da sola. Non mi piace stare da sola, senza nessuno che condivida con me un'alba, un ballo... Voglio essere madre, un giorno, e poi nonna. Voglio guardare il mio giardino crescere, voglio coccolare cuccioli di cane e vecchi gatti, e intonare canti di Natale con gli amici. Voglio amare la vita tanto quanto l'ho amata con te, se è possibile. Devo lasciarmi tutto alle spalle. Devo lasciarti andare.*

Osservai il sole baciare l'orizzonte un'ultima volta prima di salire verso l'alto. Balzai in piedi e, dopo essermi sfilata l'anello di corda intrecciata che Richard mi aveva regalato, me lo portai alle labbra. «Giuro su Dio che ti amerò sempre, Richard.» Sentendomi soffocare dalle mie stesse lacrime, feci scivolare l'anello sullo stelo della rosa perfetta. Delicatamente, feci scorrere indietro le foglie attraverso l'anello – il cerchio dell'amore – per essere certa che lo tenessero fermo. Inalai ancora la fragranza e poi gettai la rosa in mare. La osservai allontanarsi da me, ondeggiando sulla trama dell'oceano. La rosa e l'anello avevano una missione: trovare Richard. I richiami striduli dei gabbiani mi riportarono alla realtà. Li osservai librarsi nel cielo e scendere in picchiata, studiando la mia offerta, prima di confessare a me stessa che anch'io avevo una missione. Era venuto il momento di tornare a casa.

21

FINALMENTE A CASA

Non dissi mai veramente addio all'*Hazana*. La parola *Hazana* in spagnolo significa impresa, exploit o prodezza e, con il senno di poi, il nome che le era stato dato risultava stranamente appropriato. Se l'*Hazana* non fosse stato costruito con quella integrità strutturale, sarebbe colato a picco e io con esso. Non ho parole per esprimere il rispetto e l'amore che provo per quella barca e l'ammirazione verso Anne Wever e i carpentieri che la costruirono nel cantiere navale della Wever, in Olanda.

Fu un'uscita di scena travolgente. In men che non si dica mi ritrovai su un aereo diretto sul continente. Non guardai fuori dal finestrino il mare sottostante che avevo attraversato lentamente nel tentativo di guadagnare la terraferma. Dormii, rannicchiata sotto una coperta, su due sedili di fronte alla mamma e a Brian, tenendomi stretta la mia ansia.

Una volta all'aeroporto di San Diego, sbarcai e vidi la pista affollata di persone, luci e telecamere. Mio padre mi corse incontro, con il viso bagnato di lacrime, e mi strinse e abbracciò a lungo. Dopodiché mi accompagnò dai nonni che, come sempre, sapevano cosa dire. C'erano molti dei miei familiari e amici ad accogliermi, a congratularsi con me per avercela fatta, per essere sopravvissuta. Non ricordo granché di quei momenti, a parte una sensazione travolgente di amore e sostegno. In sostanza fu come la Voce mi aveva promesso che sarebbe stato. Passai la notte a casa dei nonni, nella mia vecchia camera da letto, e il giorno dopo andai a casa della mamma.

Nei due mesi successivi faticai a ricostruirmi una vita. Mi resi conto di non averne una. Annaspavo, affaccendata come una pazza nel tentativo di sfuggire al dolore e all'indecisione. Al Ringraziamento e a Natale restai a casa, accompagnata dalla costante e irresistibile compulsione di andare dalla famiglia di Richard per spiegare a quattr'occhi cos'era successo: era il minimo che potessi fare. Così, all'inizio di gennaio, volai in Inghilterra.

Atterrai a Londra e presi un treno per Southampton, dove vivevano i proprietari dell'*Hazana*, Peter e Christine Crompton. L'ordinato paesaggio inglese – ben diverso dalla lussureggiante natura selvaggia del Pacifico meridionale – mi sfilò accanto dal finestrino.

La casa dei Crompton era davvero notevole. Furono degli ospiti garbati e fecero di tutto per mettermi a mio agio. Peter mi chiese se mi andasse di partecipare con loro e alcuni amici a una regata intorno all'isola di Wight. L'ultima barca su cui fossi stata era l'*Hazana*, che la compagnia assicurativa dei Crompton aveva venduto alle Hawaii.

Courtesy of Charles Starr and San Diego Union-Tribune

Il ritorno a casa

Ora possedevano uno sloop da undici metri che utilizzavano per competizioni locali e per delle crociere nei fine settimana. Lasciai trascorrere la notte prima di decidere ma alla fine accettai perché, per quanto sembrasse strano, mi mancava l'onnipresenza del mare. Non vincemmo la regata, però non arrivammo nemmeno ultimi. Fu una bella esperienza, per quanto i movimenti della barca avessero risvegliato i ricordi rimasti sepolti di quando navigavo veloce insieme a Richard. Mi sforzai di restare concentrata sul presente e di frenare la mia mente. Nessuno degli amici dei Crompton mi parlò dell'*Hazana* o della scuffia, per quanto sia certa che ne fossero tutti al corrente.

Non restai a lungo con loro, dato che non vedevo l'ora di raggiungere la Cornovaglia e la famiglia di Richard: erano persone di cuore, e capirono che stavo soffrendo.

Da Southampton presi il treno per la Cornovaglia. Mi fermai a casa di Susie, la sorella di Richard. Fu un momento triste. Susie e Richard erano stati molto vicini, e per lei era difficile credere che fosse morto. Era evidente che io fossi emotivamente fragile – sorridevo e, l'istante dopo, ero in lacrime – e così passeggiammo, parlammo e condividemmo delle storie.

Il padre di Richard, il signor Sharp, venne a casa di Susie poco dopo il mio arrivo. Quando varcò la soglia della sala da pranzo ed entrò in salotto, io mi alzai, non sapendo cosa fare. Avrei dovuto abbracciarlo o stringergli la mano? Cercai qualche somiglianza con Richard, senza trovarne. Iniziai a piangere e poi mi sorpresi nel dire: «Posso abbracciarla?». Mi strinse e mi diede dei colpetti affettuosi sulla schiena. Poco dopo, Susie contribuì ad alleggerire l'atmosfera facendoci accomodare a tavola per il pranzo. Mentre mangiavamo, la conversazione si mantenne lieve: nessuno menzionò Richard. Io non avrei voluto parlare d'altro che di lui e desideravo che mi chiedessero qualcosa, eppure avevo l'impressione di avere di fronte uno spesso muro di negazione e tenni a freno la lingua.

La sera dopo ci incontrammo dagli Sharp. Anche la loro casa era notevole. La cena era deliziosa e cucinata con cura, però mangiai poco e nervosamente. Il pensiero di ciò che avrei detto alla famiglia riunita mi aveva annodato lo stomaco.

Dopo cena ci accomodammo tutti in salotto, dove finalmente descrissi il terribile incidente, per filo e per segno. Spiegai che avevamo tentato di sfuggire all'uragano e che Richard si era comportato da eroe, lottando strenuamente per proteggere me e l'*Hazana*. La famiglia restò seduta ad ascoltare e non mi venne fatta nessuna domanda. Forse, ma non ne ero sicura, quel silenzio equivaleva all'accettazione della tragedia. Io ero lì perché sentivo, in cuor mio, di dovere quel viaggio a Richard. Avrebbe voluto che raccontassi di persona alla sua famiglia il coraggio con cui era morto. So che il loro dolore era profondo quanto il mio: poteva essere diverso, ma non più profondo. Volevo disperatamente stabilire un legame con loro, trovare un pezzo di Richard ancora vivo. Fu difficile riconoscere che non esisteva un'estensione di lui, il che non fece altro che darmi la conferma di quanto fosse unico.

Un paio di sere dopo, andai insieme alla famiglia Sharp a cena da una coppia di amici che conoscevano Richard da quand'era bambino. La donna mi prese in disparte e, con le lacrime agli occhi, mi disse quanto gli avesse voluto bene. Spiegò che lei e il marito erano stati fieri di come Richard fosse partito per realizzare il suo sogno. Anche lei non poté che scuotere la testa, sgomenta, di fronte a quella morte triste e prematura. Per me significò tanto che si sentisse abbastanza a suo agio da condividere con me ciò che provava.

Incontrai l'avvocato di famiglia degli Sharp, il quale mi spiegò che Richard nel suo testamento aveva lasciato il *Mayaluga* a Jurrick, il marito di Susie. Più tardi, quella sera, dissi a Jurrick che, se intendeva vendere il *Mayalu-*

ga, lo avrei comprato io, perché volevo continuare a navigare in giro per il mondo, come Richard e io avevamo progettato di fare. Jurrick rispose che avremmo trovato una soluzione.

Il signor Sharp non pianse mai davanti a me e non lo fece neppure la matrigna di Richard. Erano passati quasi due mesi da quando avevano saputo della morte del figlio. Forse, li stavo riportando indietro nel loro percorso di recupero, anziché aiutarli ad andare avanti. Alla fine, mi resi conto che non avrei potuto aiutarli e che loro non avrebbero potuto aiutare me.

Quando, due settimane dopo, tornai a San Diego, trovai ad attendermi un messaggio di Peter e Ann Deeth, che Richard e io avevamo incontrato a Tahiti. Li richiamai ad Antigua, nelle Indie occidentali, dove erano titolari di un albergo. Avevano visto l'intervista che avevo concesso a Diane Sawyer per CBS News e mi fecero le loro più sentite condoglianze per la perdita di Richard. Mi chiesero se intendessi tornare a Tahiti. Dissi di sì e aggiunsi che mi sarebbe anche piaciuto occuparmi della lucidatura delle parti metalliche della loro barca, il *Petrana*, come avevo concordato di fare prima che Richard e io partissimo da Tahiti, se erano ancora interessati. Lo erano.

Quella conversazione fu un punto di partenza. I

miei genitori accettarono che sentissi il bisogno di tornare a Tahiti, dove si trovavano tutti i miei beni materiali ma, cosa più importante, dove mi attendeva il nostro *Mayaluga*.

Volare a Papeete fu una forte emozione per me. Mentre fissavo dall'alto il mare turchino scintillante, ricordai ogni istante trascorso con Richard. Sfilai il bagaglio a mano dalla cappelliera, sbarcai frettolosamente e uscii dall'aeroporto, per poi fermare subito un taxi. Non vedevo l'ora di raggiungere il *Mayaluga*. Il taxi mi portò a Mataiea. Quando arrivai a casa di Antoinette e Haipade non c'era nessuno e, dunque, raggiunsi la spiaggia e mi fermai lì. Nell'acqua, davanti a me, c'era il *Mayaluga*, lo splendido sloop costruito interamente da Richard. Dopo aver gettato la borsa sulla nostra vecchia lancia, la trascinai in acqua e remai come un'ossessa.

Nell'istante in cui lo aprii, dal tambuccio uscì un getto di aria calda, una sorta di sospiro di sollievo che mi accarezzò il viso. Scesi un paio di gradini, mi sedetti e piansi fino all'ultima lacrima che avessi in corpo. Com'era possibile che Richard non fosse lì? Avevo davvero pensato che si sarebbe presentato miracolosamente? Mi sentii sola al mondo per l'ennesima volta.

Passarono un paio d'ore. Mentre ero seduta nel pozzetto, udii la famiglia di Haipade arrivare a casa. Restai a osservarli per un po' e poi avvertii un gran bisogno di salutarli. Mentre guadagnavo la riva a remi, corsero tutti fuori per darmi il benvenuto. Fu un ricongiungimento al tempo stesso felice e triste. Avevano saputo della morte di Richard. Li ringraziai per essersi presi cura del *Mayaluga* e spiegai che ero tornata per completare il viaggio mio e di Richard intorno al mondo. Non gradirono l'idea che restassi da sola sulla barca, per lo meno fintanto che era ormeggiata vicino alla loro casa. Antoinette mi convinse a restare sulla terraferma per un po' e a vivere con la sua famiglia. Aveva ragione: per me era meglio far parte di un nucleo familiare.

Ogni mattina somigliava a un treno: le ruote iniziavano a girare lentamente finché l'intera casa raggiungeva la velocità di crociera. Stipati all'interno dell'abitacolo c'erano tutti, chi andava a lavorare e chi andava a scuola. Per prima cosa, ci dirigevamo verso il centro cittadino e il posto preferito di Haipade per il *poisson cru* – una tartare di pesce marinato – e i croissant con cui fare colazione. Dopodiché mi lasciavano nei pressi della darsena, dove stavo rilucidando le parti metalliche del *Petrana*.

Il *Petrana* era un ketch di quindici metri della Cheoy

Lee. Scrostavo, sbiancavo e sabbiavo con grande cura e poi applicavo dieci strati di vernice. Ero talmente presa da quell'incarico da non rendermi conto degli effetti ustionanti del sole tropicale, e un colpo di calore mi fece perdere i sensi. Un uomo che lavorava su un'altra barca mi vide crollare e mi portò al pronto soccorso, dove il personale mi fece bere dell'acqua e sdraiare con uno straccio bagnato sulla testa. La seconda volta in cui mi sentii sul punto di svenire me ne accorsi e conclusi in anticipo la giornata di lavoro. Non avevo più la forza di un tempo.

Riverniciare il *Petrana* fu la cosa migliore che mi potesse capitare in quel momento. Mi tenne attiva e mi impedì di crogiolarmi nella depressione, in una situazione in cui qualunque cosa guardassi mi faceva venire in mente Richard. Quando i Deeth arrivarono, furono entusiasti dello splendido aspetto del *Petrana*. Lo calarono immediatamente in acqua e passammo parecchie notti seduti a parlare nel pozzetto. Fu una bella sensazione evocare ricordi insieme a persone che avevano conosciuto Richard e che avevano condiviso con noi dei momenti piacevoli.

In quel periodo scrissi delle lettere a Jurrick, il cognato di Richard, per cercare di raggiungere un accordo sull'acquisto del *Mayaluga*. Purtroppo, Jurrick e io non ci accordammo mai su un prezzo. Mi disse che non poteva permettersi di regalarlo. Nel frattempo, mi fu consigliato categoricamente da persone che avevano a cuore il mio bene di non pagarlo una fortuna, a dispetto del suo valore sentimentale. Fu un momento triste, disorientante e frustrante.

Jurrick mi scrisse per comunicarmi la sua intenzione di chiedere a un uomo che in passato aveva completato la circumnavigazione del pianeta di volare a Tahiti e di riportare il *Mayaluga* in Inghilterra per lui. Non riesco a descrivere cosa provai. Mi venne concesso un po' di tempo per portare via le mie cose dalla barca. Mi sentii cacciata dal *Mayaluga*, dal nostro *Mayaluga*. Sentivo l'anima di Richard che piangeva.

Senza una barca e senza una direzione, i Deeth mi chiesero di raggiungerli a Bora Bora e di andare alle Fiji con loro, come membro del loro equipaggio. Colsi l'offerta al volo. Presi le mie cose rimaste sul *Mayaluga* e le sistemai a casa di Haipade, in attesa di decidere cosa vendere e cosa spedire a casa. Inviai la mia bella collezione di conchiglie, i *tapas* che avevamo comprato alle Isole Marchesi, quadri, lettere e oggetti di cui non volevo privarmi. Dopo aver caricato le ultime cose sulla lancia, scesi sottocoperta nel *Mayaluga* e mi inginocchiai davanti alla cuccetta prodiera. Posai un braccio sul cuscino e una guancia sul materasso. Era lì che avevo conosciuto il vero amore. Oh, Richard... Richard, Richard, Richard.

Con il cuore pesante, salii su un aereo e non mi voltai mai indietro mentre decollavo alla volta di Bora Bora.

I Deeth portarono il *Petrana* da Tahiti a Bora Bora con alcuni membri della famiglia a bordo. Dopo che i loro parenti furono andati via e dopo il mio arrivo in aereo, partimmo con il *Petrana* verso l'atollo di Mopelia, che a sua volta appartiene al gruppo delle Isole della Società.

Mopelia era un posto magico. Nuotavamo nella laguna scintillante e trasparente e camminavamo sulle spiagge di sabbia bianca. Iniziavo a guarire. Raccoglievamo uova di rondine di mare fra le migliaia abbandonate sulle barriere coralline. Quelle uova hanno un sapore delizioso, una volta accettato il colore arancione intenso che assumono quando vengono cotte.

Mentre passavo ore e ore a raccogliere conchiglie sulla spiaggia, meditai tanto. Buona parte dei miei pensieri tornava a Richard e ai momenti preziosi che avevamo condiviso facendo ciò che stavo facendo in quel momento da sola. Mi sentivo ancora vuota e confusa, ma sapevo che tornare al mare e allo stile di vita che amavo era per me la strada giusta.

Da Mopelia facemmo vela verso l'atollo di Suwarrow per vedere la casa del famoso eremita, il compianto Tom Neale. Al nostro arrivo, trovammo lo yacht *Fleur d'Écosse* ormeggiato nella baia: apparteneva a Ron e Anne Falconer, che Richard e io avevamo incontrato nel nostro giro alle Isole Marchesi.

Dopo aver risalito la spiaggia, ci incamminammo su sentieri di coralli sbriciolati che conducevano alla capanna di Neale, dove ci trovammo di fronte a una grande lastra di pietra. L'iscrizione recitava: 1959-1977 TOM NEALE HA VISSUTO IL SUO SOGNO SU QUEST'ISOLA.

Anne e Ronald avevano messo su casa nella capanna a due stanze: Anne stava per dare alla luce il loro primogenito e, dunque, avevano preferito rimanere sulla terraferma. C'erano galline che razzolavano ovunque e il giardinetto di Tom Neale era ricco di ortaggi e piante tropicali. I Falconer furono felici di rivedermi e di incontrare i Deeth. All'interno della capanna, ci mostrarono il libro dei visitatori che marinai di passaggio firmavano a testimonianza della loro visita all'atollo. Fu interessantissimo vedere quanti marinai fossero giunti da ogni parte del mondo per esplorare Suwarrow. Persino qualche sopravvissuto di yacht che si erano arenati sulla barriera corallina che aveva atteso in quella capanna l'arrivo dei soccorsi.

Restammo a Suwarrow per circa tre giorni e poi partimmo alla volta delle Samoa Americane, dove avremmo fatto nuovamente scorte in vista della traversata verso le Fiji. Il porto di Pago Pago era lercio e zeppo di stabilimenti per la conservazione del tonno ma, dopo una scarpinata di un giorno fino al valico per raggiungere il versante opposto dell'isola, trovammo splendide spiagge di sabbia bianca.

Con le ghiacciaie stracolme ci dirigemmo verso le isole Vava'u, nel regno di Tonga, dove incontrammo come stabilito il figlio dei Deeth, il giovane skipper del *Catalina*, uno yacht privato di trenta metri. L'imbarcazione disponeva di un equipaggio di sei persone e di tutti i gingilli che si potevano desiderare: natanti laser, windsurf e veloci motoscafi offshore, per citarne solo alcuni. Ci godemmo picnic sulla spiaggia, mangiando cibi raffinati e divertendoci con tutti quei giocattoli.

Purtroppo, le vacanze dei Deeth stavano per giungere al termine. Quando chiamai mia madre e mi disse che lei e Brian si sarebbero sposati, decisi di tornare a casa. Mi fece piacere che lei mi volesse come sua damigella d'onore. I Deeth trovarono un punto d'ormeggio sicuro e qualcuno che si occupasse del *Petrana*. Quando partirono, io restai ancora un po' per verniciare gli interni della barca, come concordato. Dopodiché rientrai a San Diego, per le nozze.

Durante il viaggio di ritorno, mi chiesi se mi sarei mai abituata all'idea di passare, in un istante, da un posto remoto ai sobborghi di una città. Quante miglia avevo percorso negli ultimi sei mesi? Non avevo mai desiderato altro che veleggiare in eterno insieme a Richard.

Fu bellissimo vedere mia madre innamorata. Lei e Brian si sposarono nella casa dei genitori di lui, affacciata sul Pacifico a Sunset Cliffs, Point Loma, in California. Indossai un'ampia gonna di seta bordeaux su cui erano stati dipinti a mano dei fiori esotici che mi fluttuavano intorno alle anche e, da lì, fino alla camicetta abbinata. Mia madre scelse un abito di pizzo avorio che metteva in risalto il suo fisico armonioso. Era splendida e io ero fiera di lei, e felice.

Brian, ora mio patrigno, si era iscritto a un corso di navigazione a San Diego per ottenere la qualifica di comandante di imbarcazioni da cento tonnellate. Mia mamma mi consigliò di iscrivermi a mia volta. Perché no? Mi ero trasferita sullo yacht di un amico per concedere un po' di spazio ai novelli sposi e non avevo progetti precisi per il futuro. Avevo ventiquattro anni.

Finii per parlare con un vecchio amico dei tempi del *Sofia*, Evan, che comandava una goletta a palo lunga trentadue metri, il *Rambler*, sulla Costa Orientale. La compagnia per cui lavorava, la Ocean Research and Education

Society (ORES), cercava comandanti in seconda con il patentino; Evan disse che, se fossi riuscita a ottenere la qualifica per le imbarcazioni da cento tonnellate, probabilmente mi avrebbero assunta. Così mi iscrissi.

Ero l'unica donna in una classe di una quindicina di uomini. Andai a scuola tre sere alla settimana, tre ore a sera, per otto settimane. Mi risultò difficile studiare, non riuscivo a concentrarmi. E così Brian mi diede una mano, studiando con me. Superammo entrambi l'esame e, tre settimane dopo, ero comandante in seconda del *Rambler*, che svolgeva attività di ricerca sopra Silver Bank, una piattaforma subacquea oceanica a circa 200 miglia a nordest della Repubblica Dominicana. Fu un sollievo avere finalmente una direzione. Restai a bordo del *Rambler* per tre mesi, dalla Repubblica Dominicana a Gloucester, nel Massachusetts, suo porto d'origine.

Firmai un contratto per restare a bordo per altri sei mesi in qualità di primo ufficiale e navigammo da Gloucester al Labrador, una regione del Canada, e ritorno. Muoversi tra gli iceberg fu eccitante; in un certo senso, quell'avventura contribuì a sciogliere il mio cuore congelato. Dopo sei mesi, venne il momento di passare ad altro.

Tornata a San Diego, passai l'anno successivo lavorando insieme a mia madre e a Brian nella loro attività di gestione di yacht e conducendo il *Continental I*, un trimarano a noleggio. Ma, dopo tutti i viaggi e le esplorazioni che avevo fatto, desideravo fortemente un ambiente più rilassato, più intimo. Un posto con più aria fresca e natura e meno cemento.

Nel corso di quell'anno viaggiai fino all'isola di San Juan, nell'angolo nordoccidentale dello stato di Washington, per far visita alla mia amica Laura. Fu una vera sorpresa scoprire che non chiudeva mai a chiave la porta di ingresso e che poteva passeggiare a lungo nella foresta senza alcun timore. Camminando, salutava di continuo gli altri isolani, che immancabilmente ricambiavano sorridendo. Vidi cervi, tacchini selvatici, aquile, lontre e balene. Il mio cuore era in estasi: mi sentii a casa. In un posto solo avevo l'oceano che non avrei mai potuto abbandonare e la verde terra che desideravo amare.

Di nuovo a San Diego, il Pacifico nordoccidentale mi restò in mente e di notte mi cullava fino a farmi prendere sonno. Mi tornò alla memoria il modo in cui la fitta foresta color smeraldo dell'isola serpeggiava fino al mare. Era come se mi mandasse dei richiami.

Qualche mese dopo mi trasferii sull'isola di San Juan. Finalmente, ero davvero a casa.

Facevo lunghe camminate su Mount Young e lungo South Beach, oltre che nell'area dei laboratori di scienze della University of Washington, fermandomi sempre di fronte a qualche spettacolare panorama marino. Ormai piangevo di rado e provavo una sensazione incredibile quando mi sorprendevo a ridere o sorridere, travolta da un bel ricordo del mio passato con Richard.

E poi venne il giorno in cui, sul ciglio dell'acqua, vidi un riflesso diverso di me stessa. Le scie ondulate create dal vento incresparono la mia immagine. «Guardati» mi dissi ad alta voce. «Hai un bell'aspetto. È ora, ora di togliere il lucchetto anche al tuo cuore. Di lasciare che qualcun altro ti ami; di amare qualcun altro. Puoi farlo. Richard vuole che tu lo faccia.»

Mi ritrassi come avevo fatto quando gli squali pinna nera dagli occhietti luccicanti mi avevano avvicinata di soppiatto mentre raccoglievo conchiglie.

Era la Voce a parlarmi o stavo parlando da sola? Non lo sapevo, ma fu come guarire da una febbre; provai un sollievo indescrivibile. Saltai in piedi e corsi sul sentiero isolato. Quando giunsi in un punto da cui si godeva di una vista di una bellezza insuperabile, mi bloccai. Poi, come un vulcano in eruzione, protesi le braccia al cielo, allargandole al massimo, gettai la testa all'indietro e strepitai come un animale rimesso in libertà, scacciando ogni traccia di dolore dalla mia anima.

22

IL DOPO

Oggi mi viene chiesto spesso di parlare in qualche circolo nautico. Vogliono che la *Sopravvissuta all'uragano* racconti la sua storia di persona. La prima cosa che sottolineo in tali occasioni è che non racconto la mia storia per spaventare gli aspiranti navigatori oceanici, bensì per incoraggiare chiunque sogni di navigare a farlo. La vita in mare è completa: ricca di avventura, insegnamenti, libertà e divertimento. Sottolineo che condivido la mia storia per comunicare a chiunque si metta in mare, uomo o donna che sia, l'importanza di essere preparati ad assumere il ruolo di capitano. È responsabilità di chiunque – donne comprese – si trovi a bordo di una barca a vela imparare tutto il possibile sul suo funzionamento, oltre che sulla navigazione. È fondamentale saper usare una carta nautica, interpretare le coordinate GPS e calcolare una linea di posizione. Nell'odierno mondo della tecnologia elettronica, avere un sestante a bordo è una rarità. Tuttavia, attraversare un oceano è un'impresa mostruosa ed essere preparati è la chiave. Alla fine, gli oggetti che mi salvarono la vita non richiedevano batterie.

La domanda che mi viene posta più spesso durante quegli interventi è: «Se dovessi rifare tutto da capo, cosa faresti in modo diverso?».

Il mio primo istinto è dire che chiederei a Richard di scordarsi dell'incarico di consegnare la barca e di procedere secondo i nostri piani. Ma lo posso dire solo con il senno di poi. Pertanto, rispondo onestamente che non sfiderei Madre Natura azzardando una lunga traversata oceanica in qualunque momento della stagione degli uragani. Sottolineo che Madre Natura è più grande di tutti noi e che è importante navigare nelle stagioni adatte.

La seconda domanda che mi viene fatta è: «Se fossi nuovamente in quella situazione in mare – Dio te ne scampi – cosa faresti in modo diverso? Faresti dietrofront? Getteresti un'ancora galleggiante? Insisteresti affinché tutti e due scendiate sottocoperta?».

Non posso che scuotere la testa di fronte a una domanda simile, perché è difficile. Non ho una risposta netta. Vorrei che Richard fosse sceso sottocoperta con me, ma è dura mollare il timone, soprattutto quando senti che il peggio ormai è passato e che la situazione è decisamente sotto controllo. Abbiamo fatto il massimo, e non so cosa avremmo potuto fare in modo diverso.

Non capirò mai perché Richard sia morto e io sia sopravvissuta, so solo che mi salvò la vita facendomi scendere sottocoperta. Per quanto la sua vita sia stata stroncata prematuramente, Richard ha avuto su di me un impatto fortissimo e mi ha insegnato a seguire il cuore, gettando in mare le cime d'ormeggio della vita normale, quotidiana, e veleggiando in cerca d'avventura. Richard sarà il mio eroe per sempre e io lo amerò sempre. Sono grata di essere viva e continuerò a seguirne l'esempio attraverso il suo ricordo, conducendo la mia vita con passione, amore per il mare e impegno a trovare una luce persino nelle ore più buie.

Spero che anche voi, attraverso la mia storia, possiate trovare ispirazione e forza. Credo che sia stato il destino – la volontà di Dio – a risparmiarmi. Non era la mia ora. E, dopo aver passato tutti quei giorni da sola, l'unico messaggio coerente che io abbia ricevuto da Dio, da un potere superiore, dall'universo o dalla Voce, è che noi, in quanto individui, siamo dotati di un destino. Credo davvero che le vie del Signore siano *infinite*. È la mia convinzione, la rotta su cui imposto la mia vita.

EPILOGO

Oggi conduco una vita felice e armoniosa a Friday Harbour, sull'isola di San Juan, nello stato di Washington, dove possiedo e dirigo due attività di successo. Essere un'imprenditrice mi fa sentire realizzata e adoro lavorare secondo i miei ritmi, essere il capo di me stessa e avere clienti felici.

Nel 1992 mi innamorai di un uomo di talento, Ed Ashcraft, che sposai nel 1994. Mi chiese di ballare con lui alla Grange Hall, un venerdì sera. Sentii le sue braccia forti sui fianchi, la sua presa salda e sicura. Mi guardò dritto negli occhi e mi rivolse un sorriso tanto caloroso da sciogliermi. Anche lui ha gli occhi azzurri, ma di una sfumatura più chiara dei lapislazzuli, più tenue, come il cielo in un giorno soleggiato e privo di nuvole. Un ballo portò a un altro e poi a un altro ancora. Insieme ci muovevamo in maniera talmente perfetta da fluttuare.

Ed costruisce case da sogno per i suoi clienti e ne ha costruita una anche per noi. Mi tratta come una regina e mi sorprende di continuo. Mi ama intensamente e condividiamo sogni e obiettivi simili. Siamo amanti e amici, e insieme ridiamo moltissimo.

Ma il mio più grande successo, a parte essere sopravvissuta all'uragano, è aver dato alla luce le nostre due figlie: Kelli, nel 1995, e Brook, nel 1997.

Amiamo tutti navigare e tra i miei ricordi più cari c'è la volta in cui eravamo a bordo della nostra barca a vela *Blondie*, un Quarter Ton di otto metri. Kelli era seduta sulle mie gambe, nel lato destro del pozzetto, ed eravamo al lasco quando lei si protese con entusiasmo verso la barra in tek e abete del timone. «Ti va di aiutarmi con il timone, Kelli?» le chiesi, guidando le sue manine sulla superficie liscia del legno arcuato. Tirando lentamente la barra verso di noi, dissi: «Questo è sopravento».

«Sopravento» ripeté.

Dopodiché, allontanando la barra, sussurrai, con un sospiro: «E questo è sottovento».

Kelli si voltò e mi guardò con i grandi occhi azzurro chiaro del padre, percependo qualcosa di diverso nella mia voce, forse un po' di malinconia. Posai lo sguardo sul suo bel viso innocente; avrei voluto promettere che la sua vita avrebbe sempre seguito una rotta sicura, ma sapevo

Una navigazione tranquilla

di doverle dire la verità. Le baciai la fronte vellutata e le confessai: «La vita è come una barca a vela, tesoro. È un costante sopravento e sottovento». Sorrise e la imitai. Suo papà allentò le scotte e poi scese sottocoperta a prendere Brook, che si era appena svegliata dal sonnellino.

Brook era nata a mezzanotte e quarantacinque, in una notte di luna piena, con il sacco amniotico ancora intatto.

«È una rarità» ci aveva detto Melinda, la mia ostetrica. «Sapete cosa si dice nella cultura popolare?»

«No» avevamo risposto.

«A quanto pare, un bambino nato senza rompere il

sacco amniotico non annegherà mai e non finirà mai disperso in mare.»

Ero rimasta senza fiato: Melinda non era al corrente della mia tragedia in mare. Ricordo di essermi protesa verso Brook, di averla presa in braccio e di aver studiato la sua faccia da neonata. Era grinzosa, bagnata e piangeva. Aveva i capelli biondi come Ed, Kelli e me. Me l'ero stretta al petto in un abbraccio sicuro.

Grazie a Dio, non finirà mai dispersa in mare. Perché, come mi aveva detto mia madre: «Tami, se tu fossi stata dispersa in mare, non avrei mai e poi mai smesso di cercarti».

GLOSSARIO

Albero di mezzana L'albero più prossimo alla poppa di un Ketch o di una Yawl.

Alisei Un sistema estremamente regolare di venti che influenza il clima di buona parte dei tropici.

Ancora galleggiante Un congegno a rimorchio di una barca, per esempio una lunga cima annodata in più punti, che contribuisce a rallentarla.

Anemometro Uno strumento che misura la velocità del vento.

Asse del timone Asta verticale di un timone che gli consente di girare su se stesso quando si aziona la barra o il meccanismo di pilotaggio.

Atollo Bassa isola corallina a forma di anello che cinge una laguna.

Babordo Il lato sinistro di una barca.

Barometro Strumento che misura la pressione atmosferica.

Barra Leva usata per governare il timone di una barca.

Base Margine inferiore di una vela.

Battagliola Parapetto delle barche.

Battente del tambuccio Una parete bassa intorno al pozzetto, concepita per non far entrare l'acqua.

Boma Palo orizzontale che tende il margine inferiore di una vela.

Bonaccia Assenza di vento.

Bordeggiare Navigare nella direzione da cui soffia il vento oppure quanto più vicino al vento si possa navigare in efficienza, spesso avanzando a zig-zag.

Bugna L'angolo inferiore di una vela dove si attaccano le scotte, rinforzato da un grosso anello.

Cavezza Una cima o fettuccia che lega un giubbotto salvagente alla barca.

Cavo dell'ancora Cavo attaccato alla catena dell'ancora.

Chiesuola Un supporto o piedistallo che ospita la bussola, solitamente all'interno del pozzetto.

Chiglia Elemento che corre da prua a poppa lungo la parte centrale inferiore della barca. Su di essa viene costruita la struttura della barca stessa.

Cima Termine nautico per *corda*.

Cutter Barca a vela con un solo albero, con una randa e due vele a prua, una trinchetta e un fiocco.

D-RING Anello in acciaio inossidabile a forma di D attraverso cui si può far passare una corda.
DRITTA Il lato destro di una barca.
DRIZZA Una cima utilizzata per issare una vela o una bandiera.
EPIRB Il trasmettitore di localizzazione d'emergenza.
FERROCEMENTO Una miscela di cemento, sabbia e pozzolana, oppure un aggregato fine, applicata con la cazzuola su un'intelaiatura di barre, tubi e rete metallica.
FIOCCO Una vela triangolare davanti all'albero di maestra.
GALLOCCIA Un pezzo di legno, metallo o plastica a cui vengono fissate le cime.
GENOA Una grossa vela di prua triangolare il cui punto di scotta (bugna) si estende decisamente a poppa dell'albero.
GIORNALE DI BORDO Il registro di un viaggio in mare.
GOLETTA Imbarcazione con vele di taglio dotata di due o tre alberi e in cui l'albero di maestra è il più alto (o è alto quanto l'albero di trinchetto, ovvero quello prodiero).
GOMENA Una cima molto spessa.
INFERITURA Il lato della vela teso lungo l'albero o lo strallo.
INGAVONARSI Inclinarsi, immergere la prua.
JACK LINE Una cima o un cavo che corre per tutta la lunghezza della barca; i membri dell'equipaggio posso-

no agganciare la cavezza della propria imbragatura di sicurezza alla cima per muoversi liberamente sulla coperta.

KETCH Imbarcazione a due alberi con l'albero di mezzana collocato a prua dell'asse del timone. (*Vedi anche* ALBERO DI MEZZANA.)

LASCARE Navigare quando il vento soffia dal traverso al giardinetto (poppa).

LINEA DI GALLEGGIAMENTO Linea orizzontale sullo scafo di una barca, indicante il dislocamento previsto.

MANIGLIA Un accessorio metallico a forma di U con un occhio in ciascun braccio, attraverso cui si può avvitare o piantare un perno.

MASCONE Ciascuno dei due lati della prua di un'imbarcazione.

MASTRA Il contenitore che sulla coperta sostiene il piede e il perno di un albero per consentire che venga abbassato sulla coperta.

MURA L'angolo inferiore-prodiero di una vela di taglio.

NODO Unità di misura della velocità, equivalente a 1 miglio nautico all'ora, circa 1850 metri all'ora.

ORIENTARE Tirare (cazzare) o allentare (lascare) la scotta di una vela in maniera che funzioni nel modo dovuto.

PAGLIOLATO Il pavimento di una barca.

PARATIA Una parete strutturale che separa le cabine di

una barca e che fornisce allo scafo un sostegno trasversale (ovvero da un lato all'altro).

PENNONE Qualsiasi palo che sostenga la vela di una barca: per esempio, un albero o un boma.

PERNO Un perno di un gancio a forcella che consente di bloccare una parte del sartiame.

POPPA La parte posteriore o nei pressi del retro della barca.

POSTAZIONE DI NAVIGAZIONE L'area all'interno della barca che è concepita per scopi di navigazione.

POZZETTO L'area scavata del ponte di una barca, dove è ubicata la ruota o la barra del timone.

PRODIERO Davanti; opposto di poppiero.

PUGNO DI SCIMMIA Il nodo per appesantire l'estremità di una sagola, usata per il lancio.

PULPITO Battagliola d'acciaio inossidabile intorno alla prua o alla poppa della barca.

QUADRATO Ambiente interno più spazioso di un'imbarcazione; di solito si trova in posizione centrale ed è destinato ad attività varie (cucinare, consumare i pasti).

RANDA Una vela armata sull'albero principale di una barca a vela.

SAGOLA Corda sottile, di diametro compreso tra 1,5 e 5 millimetri, solitamente in fibra sintetica.

SARTIA Un cavo metallico fissato da un lato della barca alla testa d'albero per assicurare sostegno laterale all'albero.

SBANDAMENTO Inclinazione su un fianco.

SCALA DEL TAMBUCCIO L'ingresso e i gradini che dal ponte conducono alla parte interna della barca (tambuccio).

SCALMOTTO Montante metallico di rinforzo sulla coperta.

SCOTTA Una cima utilizzata per controllare la regolazione di una vela.

SCUFFIA Rovesciamento di una barca in mare.

SENTINA La parte più bassa dello scafo di una barca, sotto al pagliolato.

SISTEMA DI GOVERNO DEL TIMONE Tutti i meccanismi che permettono di azionare la pala del timone.

SLOOP Una barca con un albero, uno strallo di prua, un fiocco e una randa.

SOTTOVENTO La direzione opposta a quella da cui soffia il vento.

SPINNAKER Vela triangolare ed elastica in tessuto sintetico sottile, utilizzata per la navigazione sottovento.

STIMA DELLA POSIZIONE Calcoli della rotta percorsa, della distanza coperta, della deriva della corrente e del tempo misurato per determinare la posizione di una barca in mare.

STRALLO Cavo metallico che sostiene un albero a prua e a poppa.

STRALLO DI TRINCHETTO Uno strallo, solitamente un cavo di acciaio inossidabile, che corre dalla prua, o dalla parte avanzata di una barca, alla sommità dell'albero. (*Vedi anche* STRALLO.)

TERZAROLARE Ridurre la dimensione di una vela per limitare l'area esposta al vento.

TIMONE Un profilo di metallo o di legno incardinato verticalmente sott'acqua che viene spostato dal sistema di governo per far virare la barca.

TRINCARINO Il margine rialzato intorno alla coperta di una barca.

TRINCHETTA Vela triangolare tra il fiocco e la vela di maestra.

TUGA La parte rialzata rispetto alla coperta, spesso dotata di oblò.

WINCH Meccanismo a tamburo verticale (a differenza dell'argano, che ha un tamburo orizzontale) atto ad avvolgere una cima o una catena.

VHF (*Very High Frequency*) Una radio a frequenza altissima, in genere efficace sulle distanze medio-corte/corte e all'interno del campo visivo.

VIRARE DI BORDO Manovra necessaria per bordeggiare; cambiare direzione passando con la prua al vento.

RINGRAZIAMENTI

Senza l'aiuto e la dedizione di molte persone, l'idea di trasformare la mia storia in un libro sarebbe rimasta per l'appunto un'idea. Dopo varie peripezie, questo libro ora vive di vita propria. Vorrei ringraziare i tanti che gli hanno consentito di svilupparsi e i miei amici e familiari per il sostegno incrollabile.

Sono particolarmente grata a Marie Ashcraft per lo scrupoloso lavoro di editing effettuato a ogni versione. A Oscar Lind, che è stato un faro nella nebbia. A Lynne Mercer per la sua sfida *Predica come razzoli*. A Debbie Bledsoe, la cui energia è contagiosa. A Mitzi Johnson, per la sua concettualizzazione. A Steve ed Eric Brandt, che mi hanno fornito una guida e un'ispirazione inestimabili. A Teri Thompson, Cathy Johnson, Mary Stone, Neva Beach e Gerard Woldtvedt per le ore di editing che hanno tenuto questo progetto in carreggiata. A Bruce Conway, che è davvero un mago del Mac e i cui consigli si sono rivelati precisissimi. A Dorothea Auguztiny, una forza che mi ha ispirata e spinta ad andare avanti con entusiasmo.

Un grazie di cuore alla mia agente, Jill Grinberg, per i luoghi di vacanza che ha scelto e che mi hanno cambiato la vita. A Peternelle van Arsdale per la sua penna delicata: una splendida persona con cui lavorare.

Grazie a Jon Cassir di CAA per aver accettato la sfida e aver pensato fuori dagli schemi.

Grazie a Jessica Sindler e alla squadra di Dey Street Books per la pazienza e le istruzioni, e a Tom Killingbeck e alla squadra di HarperCollins UK per il sostegno.

Aloha ad Aaron Kandell e Jordan Kandell, la cui amicizia salda e la cui perseveranza sono il motivo per cui la versione cinematografica di *Resta con me* è ora realtà. Grazie a Baltasar Kormákur, uno dei migliori per la sua passione creativa e attenzione al dettaglio.

Il mio apprezzamento e il mio rispetto vanno al cast di *Resta con me*, compresi Shailene Woodley e Sam Claflin, che hanno lavorato instancabilmente, giorno dopo giorno, in mare aperto, su un oceano spietato. Grazie alla troupe e alla comunità dietro le quinte, sempre pronte a sostenermi nel momento del bisogno e davvero fondamentali per il successo della produzione. Sarò eternamente grata a STX Productions, che si è fatta avanti e ha trasformato il mio sogno in realtà.

Sono davvero in debito con Susea McGearhart per l'entusiasmo e l'attenzione mostrati per questo progetto: senza di lei questo libro sarebbe tuttora un sogno. Grazie a Gene Gearhart, per aver permesso a Susea di intraprendere questo lungo viaggio di scrittura.

Grazie alla mia famiglia. A mia madre per avermi dato la spinta e la forza per affrontare la vita a viso aperto. Ai nonni Oldham, per avermi trasmesso i loro valori e aver dato stabilità alla mia vita. A mio padre, testimonianza vivente di come ci si possa divertire, per il suo sostegno morale. Al mio fratellino Dane (che non è più così piccolo), che mi ha trasmesso la voglia di vivere quando avevo il morale ai minimi storici.

A Ed, l'amore della mia vita: grazie per la tua dedizione assoluta nei confronti miei e della nostra famiglia. La tua pazienza nel corso di questo progetto è stata sbalorditiva.

Grazie alle mie ragazze, Kelli e Brook, che mi hanno insegnato cosa sia l'amore incondizionato e che si sono rivelate il vero motivo per cui sono sopravvissuta.

Questo volume è stato stampato nell'agosto 2018
presso Rotolito S.p.A. - Milano